AF 139059

Dieter Gerhard

Ein Kater sucht den Weihnachtsmann

**Eine weihnachtliche Geschichte
über einen Kater,
der sein Zuhause sucht**

Foto Umschlagseite: Gerhard Voss "Rudolph
Foto Innenseite: Gerhard Voss "Tommy"

Bibliografische Information der Deutschen Nationalbibliothek:

Die Deutsche Nationalbibliothek verzeichnet diese Publikation in der Deutschen Nationalbibliografie; detaillierte bibliografische Daten sind im Internet über http://dnb.dnb.de abrufbar.

© 2015 Name des Autors/Rechteinhabers:

Dieter Gerhard

Illustration: Dieter Gerhard

Herstellung und Verlag: BoD – Books on Demand, Norderstedt

ISBN: 978-3-7386-5174-4

Inhaltsverzeichnis:

Ein Kater sucht den Weihnachtsmann

Ein Kater sucht den Weihnachtsmann

1. Das Zuhause

Es ist sieben Uhr dreißig, als der Radiowecker angriff und den Mann aus seinen kühnsten Träumen riss. Last Christmas wurde gerade gespielt, ein Lied von George Michael komponiert und von der Gruppe Wham! vertont. Ein Christmas Song, der mittlerweile dreißig Jahre alt ist.

Es werden kaum noch neue Weihnachtslieder komponiert, die uns aufs Fest einstimmen sollen. Das liegt wohl daran, dass der Zyklus viel zu gering ist. Weihnachtslieder hört man zwischen Oktober und Dezember, Schlager und Popmusik das ganze Jahr. So muss man sich mit den wenigen Klassikern der populären Weihnachtsmusik begnügen wie Driving Home for Christmas von Chris Rea, Do they know it's Christmas von Band Aid und eben das Last Christmas von Wham!.

»Ein Ohrwurm für die Ewigkeit, der zu Weihnachten gehört wie Tannenbaum und Plätzchen«, unterbrach die Moderatorin den Ausklang des Liedes. »Von dieser poppigen Besinnlichkeit kann man in diesen Tagen nicht genug bekommen. Selbst Nachwuchsmusikern fällt bei dem Stichwort

Weihnachten nur George Michael ein. Pro Tag wird der Song allein in Deutschland fünfhundert Mal gespielt. George Michael bekommt dafür jedes Jahr rund acht Millionen Dollar Tantiemen, somit hat er mit nur einem Song fast dreihundert Millionen Dollar verdient. Nur wenigen gelang es bisher einen solchen Hit zu platzieren, wie Bing Crosby 1947. Fünfzig Millionen Mal verkaufte sich sein Traum von der weißen Weihnacht.«

Und schon erklang:

> »I'm dreaming of a white Christmas
> just like the ones, I used to know
> where the treetops glisten
> and children listen
> to hear sleigh bells in the snow«

Schwerfällig bewegte der Mann seinen Kopf in Richtung Radiowecker und schalte ihn mit geschlossenen Augen aus. Dann knipste er das Licht an, öffnete langsam seine Lider und sah, wie zwei große runde bersteinfarbige Augen ihn Angst einflößend ansahen. Sie sind delinquent nach vorn gerichtet und für ein optimales räumliches Sehen ausgerichtet. In den Augenwinkeln sind noch einige Krümel zu erkennen, die auf eine getrocknete Tränenflüssigkeit hinweisen, die nicht abtransportiert wurde, da nachts die Augen nicht so aktiv sind. Die Ohren sind spitz nach vorn gerichtet und besonders gut ausgebildet. Die Nase dagegen ist zwar klein, doch sind die Nasengänge erheblich verbreitert, um eine erhöhte Sauerstoffzufuhr und eine rasche Akklimatisierung zu gewährleisten.

Das Gesicht war mit einem Frucht einflößenden Killerblick gewappnet, der Menschen in ähnlichen Situationen in Todesangst versetzen kann, doch der Mann lag recht entspannt da.

Ein Wesen, das mit verschiedenen Retuschierwerkzeugen ausgestattet ist wie zum Beispiel mit kräftigen Kiefermuskeln und Reißzähnen, mit denen Muskelstränge, Sehnen, Knorpel und Knochen durchtrennt werden können, sowie messerscharfe Krallen, die man auch als den einzigen Problemlöser ohne Waffenschein bezeichnen kann.

Es ist Tommy, der vor dem Bett saß und den Mann, sein Herrchen, hypnotisierend anstarrte. Ein achtjähriger selbstbewusster Kater, der die Meinung vertritt, dass die Wohnung, in der er sich aufhält, ausschließlich ihm gehört. Sein Herrchen dagegen ist nur dafür zuständig, ihm das Futter zu reichen, wenn er hungrig ist, ihn zu streicheln, wenn er es will und seine Toilette zu säubern, wenn sie dreckig ist.

Er saß bestimmt schon seit mindestens zwanzig Minuten vor dem Bett und wartete, dass sein Herrchen endlich wach wird, damit er aufs Bett springen kann, um sich seine morgendlichen Streicheleinheiten abzuholen.

Der Mann stieß zwei grunzende Worte aus, die schlecht verständlich waren aber sich anhörten wie:

»Morgen Kater« oder aber auch wie »wirrer Vater.«

Tommy sprang sofort aufs Bett, tretelte in die Daunendecke und kam dem Gesicht seines Herrchens mit lautstarkem Schnurren immer näher.

»Uaaaaah«, gähnte der Mann den Kater an, als dieser ihm tief in die Augen sah und seine Nase beschnüffelte. Dabei berührten seine Vibrissen die Wangen des Mannes und fingen an zu kitzeln. Eine physische Foltermethode, wie das Empfinden von Lust und Leid, wie die perfide Art des Quälens, wie das Verabreichen knisternder Elektroschocks.

Eigentlich ist das Kitzeln nur ein Warnsignal unseres Körpers, der darauf hinweist: Vorsicht, da nähert sich etwas Unbekanntes. Naja vielleicht nicht gerade unbekannt, vielleicht mehr eine unerwartete Gefahr. Und gerade im Gesicht, wo man sehr verletzlich ist, reagiert der Körper besonders empfindlich auf derartige Berührungen.

Der Mann drehte seinen Kopf zur Seite und streichelte erstmal ausgiebig den Rücken von Tommy. Manchmal stupste Tommy mit seiner Stirn die streichelnde Hand an, was so viel heißt wie: "Ey Alter, den Kopf nicht vergessen" oder er drückt seinen Hals gegen seine Fingerspitzen, womit er andeuten wollte: "Wenn schon Ganzköperwellness, dann auch hier".

»Uaaaaah«, gähnte der Mann abermals und streckte sich dabei nach allen Seiten. Ein Hinweis für Tommy, das Bett zu verlassen, denn der Mann will aufstehen. Schwungvoll rappelte er sich aus dem zerknüllten Bett hoch, fuhr mit den Fingerspitzen durchs zerzauste Haar und blickte dabei verwirrt in der Gegend umher.

Es ist noch dunkel draußen. Kein Wunder es ist Dezember, der letzte Monat in einem normalen Haushaltskalender. Der Mann blicke durchs Fenster hinaus auf die Straße, wo einzelne Straßenlaternen die Gehwege beleuchteten.

Die Bäume sind alle kahl und weit und breit kein Schnee. Es sieht eher nach einem beschissenen Herbst aus, als nach Winter. In drei Tagen ist Weihnachten und die Hoffnung auf weiße Weihnachten wird immer unwahrscheinlicher.

Laut reicher Wortwahl des Wetterdompteurs, der sich jeden Tag erstmal mit den Worten "Guten Morgen, liebe Hörer und Hörerinnen" einschleimt und dann von Regen, Sonne, Sonnenschein, schönem Wetter, schlechtem Wetter, viel zu heiß, viel zu kalt, Schnee, Hagel und Graupelschauer spricht, soll sich die weiße Pracht noch dieses Jahr zeigen.

Wettervorhersagen gehören zu den berühmtesten Sagen überhaupt und erreichen heutzutage sage und schreibe eine Trefferquote von nahezu fünfzig Prozent.

Schlurfend ging der Mann ins Bad, doch bevor er die Tür schloss, hörte er ein bitterböse klingendes mau oder mehr ein Mmmrrrrr, was so viel bedeutet wie:

»Halt-Halt-Halt soll ich die Tür mit der Nase bremsen? Ich will auch noch rein.«

Tommy hat sich einige Geräusche angewöhnt, die der Mann so im Unterbewusstsein von sich gab, wie zum Beispiel ein lang anhaltendes mit Seufzen verbundenes Ausatmen, wenn ihn ein Gemütszustand dazu bewegte. So liegt auch Tommy dann in seinem Bettchen, hat die Augen halb geschlossen, atmete die Luft tief ein und stieß sie dann mit einem kraftvollen laut hörbaren und stöhnenden "mmmmmhhhhh" wieder aus.

Das zeichnete die beiden männlichen Geschöpfe besonders aus. Sie lernen voneinander. Tommy versucht mit seinen Seufz-, Stöhn- und Ächzt-Geräusche Mensch zu werden, der Mann hingegen ist gewillt die Gesten, Mimik und Mienenspiel des Katers zu verstehen.

So öffnete er die Tür weiträumig und ließ den Chef, der jedes Tun und Handeln in dessen Zweisamkeit bestimmt, herein. Schließlich sitzen sie im gleichen Boot, wobei der eine rudert und der andere Wasserski fährt.

Erhobenen Schwanzes stolziert er an ihm vorbei, was man als eine Art Dank charakterisieren könnte und ging zielstrebig in seine Katzentoilette, die unter dem Waschbecken stand. Dort setzte er eine intensive Duftmarke ab, die jeglichen potenziellen Revierkonkurrenten vertreiben würde.

Während der Mann sein Geschäft im Sitzen erledigt, beobachte er, wie Tommy über dem Katzenklo an der gekachelten Wand scharrte. Ich glaube er riecht selbst seine verwesenden Ausdünstungen, schämt sich womöglich und würde deshalb gerne die Wand zum Einstürzen bringen, um die olfaktorische Wahrnehmung zu dezimieren.

Mit aufgerichtetem Schwanz bekundete der Kater seine Zufriedenheit und stolzierte auf sein Herrchen zu. Vor ihm sitzend, schaute er ihn an und fing an zu schnurren.

Nach kurzer Überlegung erhob er sich, stützte sich mit einer Pfote auf dem Knie ab und versuchte mit dem Ballen seiner anderen Pfote das Gesicht seines Herrchens zu streicheln.

So was drückt eigentlich eine direkte intensive Zuneigung, Sympathie und Wohlwollen zu dem anderen gegenüber aus, etwas Vertrautes, Liebevolles, Fürsorgliches. Oder ist es nur eine unauffällige Art des Markierens, womit er nicht nur anzeigen will, dass das Herrchen sein Untertan ist, sondern dass er gleichzeitig seinen Duft annimmt, um ihn mit dem Seinigen zu vermischen.

Wissen ist Macht, aber man muss kein Koch sein, um zu wissen, dass die Suppe versalzen ist.

Danach verschwand er und überließ seinem Herrchen das Badezimmer. Der Mann stellte sich für eine gute halbe Stunde unter die Dusche. Ein Verhalten, das darauf schließt, dass er sich gerädert und antriebslos füllt, woran der Biorhythmus während dieser dunklen Jahreszeit schuld ist.

Die Tage sind kürzer, die Sonnenstunden weniger, am liebsten würde man wie die Waldtiere einen Winterschlaf abhalten. Doch nach dem Duschen fühlt man sich immer noch total durch den Wind, verwirrt, einfach derangiert. Duschen ob kalt oder warm, helfen einfach nicht, den eigenen Motor anzukurbeln.

Im Spiegel betrachtete er sich, ließ seine Hand durchs Gesicht gleiten und stellte fest, dass er wohl langsam eine Heckenschere braucht, um sich zu rasieren. Camper empfinden eine derartige Verwahrlosung als Erholung, doch welche Frau wird mit einem schmusen, wenn man wie ein Stachelschwein sticht? Tommy kam zwischenzeitlich wieder ins Bad und maute:

»Ich weiß, dass du lahm bist, aber mir qualmt die Bluse! Mein Magen fragt schon, ob mir die Kehle zugeschnürt wurde.«

»Tommy ich bin gleich fertig, dann bekommst du dein Fressen«, sprach der Mann zu dem Kater, holte dabei den Rasierer aus dem Schrank und betrachtete ihn vorwurfsvoll. Es war ein Nassrasierer mit einer Druckvorrichtung am Ende des Griffs, für den Butterfly-Öffnungsmechanismus, um die Klingen auszutauschen. Asbach uralt ist das Gerät schon. Es war sein Erster und wird wohl sein Erster bleiben.

Während man solche Rasierer mit einer einzigen scharfen langlebigen Klinge bestückte, ringen heute die Hersteller um beste Klinkenkonstruktionen. Dabei werden bis zu sechs Klinken hintereinander verarbeitet, um eine porentiefe und hautschonende Bartentfernung zu garantieren. Ein Hautstraffer, eine Gummilamelle und ein Gleitstreifen neben dem Klingenblock gehören inzwischen zur üblichen Ausstattung.

Endlich ist es dann soweit. Tommys Herrchen kam in die Kühe, setze Wasser auf, um sich einen Kaffee zu kochen und fing an die Fressnäpfe zu reinigen, damit die über Nacht von Geisterhand leer gewordenen Näpfe, neu befüllt werden können. Schließlich erinnert Tommy regelmäßig mit einem vorwurfsvollen Miauen daran, dass es doch die Aufgabe seines Herrchens sein, seine Fressnäpfe ständig zu befüllen.

Unruhig läuft der Kater hin und her, um zu zeigen, dass er Hunger hat. Dann umschmeichelt er in einer Achtformation die Beine, um anzudeuten, dass er richtigen Hunger hat und schließlich versucht er durch Klimmzüge an der Küchenarbeitsplatte darauf hinzuweisen, dass sein Bauch knurrt und er nicht mehr die Kraft hat zurück zu knurren.

Sollte das alles nicht nützen so weiß er genau, wann er sich fallen lassen muss, sich am Boden herumrollt und so den sterbenden Schwan zu markiert.

»Tommy ist gut, gleich ist dein Fresserchen fertig.«

Mit einem kräftigen ächzt, mrrrrr und mau, was so viel bedeutet wie:

»Wartest du auf die Segnung vom Papst, oder warum dauert es solange«, ermahnte er sein Herrchen. Dabei benutzte er die Beine seines Herrchens als Pylonengasse, die er im Slalom umlief und ihn so fast zu Fall brachte.

Wenn Tommy für die Evolution des Menschen zuständig gewesen wäre, hätte man sechs Hände gehabt. Zwei, die ständig in der Küche die Fressnäpfe nachfüllen und der Rest für die Katzen-Tuningranch, für das vierhändige Kraulen.

Die Fressnäpfe wurden gefüllt, auf ein Tablett mit eingepassten Futterschalen abgestellt und an seinem Platz verbracht. Es ist ein Napf-Set mit integriertem Spritzschutz, eigentlich für kleine Hunde gedacht, aber da Tommy mangelhafte Tischmanieren hat und er seine Schlabbereien gerne an Wand und Boden verteilt, gehören Spitzer nun dank dieses neuen vollkommenen Diner-Erlebnisses der Vergangenheit an.

Wie jeden Morgen wurde erstmal am Trockenfutter und dann am Nassfutter geschnuppert. Ein Prüfen, ob ihm die Auswahl des Menüs genehm ist. Dabei überlegt er kurz, fängt an zu schnurren und verlässt dann frohen Mutes die Küche.

Ganz am Anfang, als Tommy einzog, da dachte sein Herrchen, dass er wohl ein kleiner Feinschmecker wäre, der nur liebevoll zubereitete Speisen an seinen empfindlichen Gaumen lässt, frisch gekocht und nicht aus der Massenproduktion. Viele Portionstüten und Menüschalen verschwanden unangetastet im Mülleimer bis dann festgestellt wurde, dass es dem nicht so sei.

Ein Feinschmecker ist er schon, doch obliegt es ihm, immer gefüllte Fressnäpfe vorzufinden. Ob das Fressen später weggeschmissen wird, weil es angetrocknet ist und jegliche Grenzen der Appetitanregung sprengt, tangiert dem Kater relativ peripher.

Tommys Herrchen trank hastig seinen Kaffee aus, denn es war Zeit sich für die Arbeit fertigzumachen. Dabei stellte er wie jeden Morgen schon Mal seine Sicherheitsschuhe in den Flur, um sie kurz vor dem Gehen anzuziehen und wie jeden Morgen empfindet Tommy es als eine verwerfende Situation, dass er nicht mitgenommen wird.

Dieses Bekenntnis äußert er damit, dass er beim Zusammenbinden der Schnürsenkel ständig dazwischen läuft, sodass es unmöglich ist, einen einigermaßen salonfähigen Knoten zu binden. Manchmal legt er sich auch quer über die Schuhe, wie ein Fakir auf dem Nagelbrett und freut sich darüber, dass der Schaft der Schuhe sich so wunderbar perfekt an seinen Bauch anschmiegt.

Er hatte es auch schon geschafft, die Einlagen aus den Schuhen heraus zu ziehen und sie in tausend kleine Teile zu schreddern, sodass der Flur einer Schneelandschaft glich, mit wild gewordenen Flies- und Schaumstoffschnipseln.

Wie jeden Morgen erzählte der Mann ihm:

»Tommy Papa geht jetzt zur Arbeit. Du passt hier auf, lass keinen rein, und wenn das Telefon klingelt, sag ich ruf zurück.«

Mit einem Kurzen, sehr knappen mau, was wiederum besagt:

»Geh du mal ruhig zur Arbeit. Ich werde mich mit einer nordischen Kriegsaxt bewaffnen und die Wohnung neu dekorieren.« Dabei drehte er ihm den Rücken zu und verschwand Richtung Wohnzimmer um ein ausgiebiges Schläfchen in die Wege zu leiten.

Seit fast vier Jahren leben die beiden zusammen und es ist wie bei zwei Bergsteigern, deren Seile sich beim Abseilen ineinander verknotet hatten. Sie befinden sich in einem untrennbaren Zusammenhang.

In dessen Wohngemeinschaft sind die Regeln dezidiert. Tommy darf keine alten Zeitschriften ins Haus schleppen, dafür darf er mit den Staubflocken spielen, anstatt sich über sie zu beschweren. Er darf aber keine Bierfahne haben, wenn er sich nachts an sein Herrchen kuschelt und nicht schnarchen, sondern nur gedämpft schnurren, wenn sie sich das Kopfkissen teilen.

Seine Krallen kann er ruhig in die nagelneuen Nylonstrümpfe der hübschen Nachbarin verhängen, sein beneidenswertes volles und glänzendes Haar selber pflegen und niemals den Kühlschrank mit Bierdosen vollstopfen.

Der Mann dagegen wird ihn streicheln, wenn er es will. Er wird mit ihm spielen, wenn ihm danach gelüstet, ihn nicht stören, wenn er faulenzt und nicht böse sein, wenn er Dummheiten macht. Er wird ihm ständig die Fressnäpfe nachfüllen, bis sie überlaufen.

Dafür darf der Mann weiterhin zufrieden sein, Untertan der besten, schönsten und klügsten Katze der Welt zu sein.

2. Neugier kann gefährlich sein

Gegen Mittag, frühen Nachmittag war Tommys Herrchen dann wieder Zuhause. Tommy hörte bereits die Geräusche des Autos beim Einparken vor dem Haus sowie die schweren Schritte, die stampfend die Treppe hinauf kamen.

»Hey Tommy«, wurde der Kater begrüßt, der seinen faulen Lenz unterbrochen hatte und an der Tür wartete, in der Hoffnung sein Herrchen hat was Feines mitgebracht.

»Alles klar? Jemand angerufen«, wurde dann der Begrüßungssatz vorgesetzt.

Eine dumme Frage eigentlich. Man kann doch am Blinken des Telefons erkennen, ob jemand angerufen hat oder nicht. Oder wie soll sich Tommy am Telefon melden, vielleicht mit:

»Hier spricht die Stimme der Vernunft, Kater Tommy. Da Herrchen gerade seine Arbeit als anonymer Mitarbeiter beim Aldi verrichtet, war ich als hoch entwickeltes selbstständig denkendes Wesen mit außergewöhnlich starker Intelligenz gezwungen, meinen Schlaf durch das nervtötende Geräusch des Telefons zu unterbrechen, um das Gespräch anzunehmen.«

Oder

»Hier spricht Blechtrottel Tommy. Zurzeit ist mein Herrchen zum Grünkohlessen auf Hawaii. Sollten sie keinen Anrufbeantworter mögen, so legen sie bitte auf und schreiben einen Brief.«

Oder

»Hier ist die Friedhofsverwaltung. Wenn sie jemanden sprechen wollen, dann sind sie leider etwas zu spät dran, tii-hihi haha hoho.«

Tommy scheint es alles nicht zu interessieren, beachtete die Äußerung in keiner Weise, ging zur Wohnungstür und blickte die Treppe im Hausflur hinunter zu den bodentiefen Fenstern auf dem Zwischenpodest.

Regelmäßig, wenn sein Herrchen nach Hause kommt und die Tür öffnet, laufen die beiden aneinander vorbei, einfach so, in Gedanken, als würden sie sich nicht kennen.

Während das Herrchen in der Wohnung sich schon mal seiner Arbeitsschuhe entledigt, läuft Tommy meist die Treppe hinunter, um mit einem Blick durchs Fenster nach draußen zu prüfen, ob es noch andere Plätze gibt, die er kolonisieren könnte. Gleichzeitig wird die Weite der Bewegungsfreiheit auszuspionieren.

Wenige Minuten später kam das Herrchen mit einem Korb voll Leergut bewaffnet aus der Wohnung, ging die Treppe hinunter und sprach zu Tommy:

»Ich geh nur kurz in den Keller und hole was zu trinken.«

Tommy schaute durch das Treppengeländer hinaus in die Welt, seinem Herrchen hinterher, sah, wie zwei Etagen tiefer im Keller das Licht eingeschaltet wurde und sein Herrchen in einen der Gänge verschwand.

Dann das geräuschvolle Klacken des Riegels, als die Kellertür mit einem Schlüssel geöffnet wurde und anschließend das Plong, beim Zurückstellen der Flaschen in die jeweilige Kiste.

Plötzlich öffnete sich die Haustür und ein Nachbar kam vollgepackt mit diversen Kartons herein, schritt die Kellertreppe herunter und verschwand im gleichen Gang wie sein Herrchen.

Die Haustür verfügt über einen obenliegenden Türschließer, der selbstständig die Tür mit einer sanften Bewegung wieder schließt, sowie mit einem Türfeststeller, der bei Bedarf die Tür in geöffneter Position hält.

Doch meisten wird bequemerweise die davor liegende Fußmatte für derartige Aktionen missbraucht, sodass sie bereits über eine ausgedehnte hochstehende Ecke verfügte.

So musste es wohl passieren, dass durch das schwungvolle Öffnen der Tür, die hochstehende Ecke ein selbstständiges Schließen der Haustür verhinderte.

Stimmen waren aus dem Kellergang zu hören, ein Schwätzchen unter Nachbarn über die Zeit der übermäßigen Bescherung.

Mit seiner Neugier und dem rastlosen Bewegungsdrang stolzierte Tommy die Treppe weiter herunter, um mal zu inspizieren, was Herrchen solange mit dem Nachbarn zu bequatschen hat. Dabei kam er an der halb offenen Haustür vorbei.

Es war nicht die Neugier, die ihn trieb, auch nicht die Spielfeinfühligkeit. Vielmehr war es die starke gesellschaftlich verankerte Unbeherrschtheit, die ihn durch die Haustür auf die Straße trieb mit der Erkenntnis und Möglichkeit sich schrittweise einer anderen Welt zu nähern.

Er schaute den langen Weg der Straße herunter, die irgendwann in der Ferne in einer Linkskurve verschwand.

»Boah, was für eine unendliche Weite, was für unbegrenzte Dimension, was für eine Weitläufigkeit, die uns Lebewesen zu krümeln werden lässt, unermesslich und unendlich«, maute er zu sich selber und ging dabei einige Schritte.

Überall parkten Autos am Straßenrand, Autos wahrer Einparkkünstler. Einige fuhren unschuldige Bäume an, andere den Rinnstein. Manche parkten auf drei Flächen gleichzeitig, andere wiederum brauchten nach dem Einparken nicht den Rettungsdienst, sondern den Abschleppdienst.

Dicht an einer Buchenhecke schlich Tommy sich entlang und beobachtete zugleich das Geschehen auf der Straße. Neugierde und Interesse, zwei Eigenschaften, die spannend und ungemein interessant sind und die nach Neuem suchen. Was hat doch die Welt alles zu bieten.

Manche Autos fuhren mit affenartiger Geschwindigkeit die Straße entlang, sodass ihm der Wind wie eine Druckwelle ins Gesicht schlug.

Auf der anderen Seite stößt eine ältere Dame mit ihrem Rollator immer wieder gegen die Steineinfassung eines Blumenbeetes.

»Du elender Masochist«, beschimpfte sie den Rollator. »Wirst … du … wohl … weiter … gehen.«

Hinter ihr schiebt ein junger Mann seine alternde Mutter in einem Rollstuhl apathisch vor sich her. Er sieht das Malheur und hilf der Dame aus der verzwickten Lage.

»Danke Jungchen«, sprach sie anerkennend. »Früher hätte es solche kinderwagenunfreundlichen Kantsteine nicht gegeben.«

Stückchen weiter hinter den älteren Herrschaften, kam ein Mann mit einem Schäferhund, der das Tier mit einer Fesselung am Hals führte. Ein enorm großer Hund, den Tommy schon des Öfteren hier sah, der allerdings von der zweiten Etage aus der Fensterperspektive eher klein und zierlich aussah, ähnlich einem Schoßhund.

Ein Transporter fuhr vorbei, verlangsamte sein Tempo und hielt in geraumer Entfernung vor einem Mehrfamilienhaus an. Es war ein Dienstfahrzeug eines Paketdienstes. Ein Mann stieg aus. Er trug eine kegelförmige rote Kopfbedeckung mit weißen Bommeln und weißer Krempe, auf der Sterne angebracht waren, die heterogen blinkten.

Mit leichten federnden und hüpfenden Schritten bewegte er sich hinter das Fahrzeug, öffnete die Hecktür, holte eine Sackkarre heraus und belud sie mit diversen Paketen. Dann ging er zu dem Mehrfamilienhaus und klingelte sich durch die einzelnen Wohnungen. Dabei pfiff er ein Lied und wiegte sich vor Freunde in den Hüften, als wenn die Pakete alle für ihn bestimmt waren.

Es sind seriöse Zusteller, die zurzeit viel zu tun haben, um die beförderten Sendungen rechtzeitig vor dem Fest auszuliefern.

Allerdings haben sie nach dem Fest noch mehr zu tun, um die geschenkten Dinge, die niemand im Traum sich selbst schenken würde, wieder abzuholen und zurück zu befördern.

Tommy ging ein Stück weiter, kam an einer riesigen Zypresse vorbei, die komplett ihre Nadeln abgeworfen und die rötlich braunen Blätter auf dem Gehsteig verteilt hatte. Er schnupperte daran und der Duft von Garten, Wald, Moos, Pilzen, Muff und Bakterien stiegen ihm in die Nase.

Plötzlich hörte er hinter sich ein Geräusch, wie das Gebell eines Esels. Ein Liiiaaahhh-liiiaaahh das sich anhörte, als wenn jemand erstochen wurde oder als wenn eine kaputte Tür quietschen würde. Manche sind der Meinung, dass der Esel auch nur I-A, I-Aaaah macht, gleichlautend mit dem "ich-auch, ich-a-a-auch".

Doch hier war es nur das Klingeln eines Radfahrers, der auf dem Gehweg angeradelt kam.

Ein Fortbewegungsmittel zum zügigen Durchqueren der Straßen, das mit eigener Muskelkraft bewegt und mit diesem akustischen Signal darauf hingewiesen wird, dass hier ein Verstoß gegen die StVO vorliegt. Tommy möge bitte den Weg freimachen und dem Radfahrer Durchlass gewähren.

Erschrocken blickte Tommy auf und sah das überdimensionale Gefährt auf ihn zukommen, das ihn sofort in Angst und Schrecken versetzte.

Gleichzeitig wurde Tommy von dem Schäferhund auf der anderen Seite bemerkt, der sich derzeitig auf gleicher Höhe befand. Sofort fing er an "wuff, wuff, wuff" zu kläffen. Hier beweist es sich wieder, dass ein jahrelang friedlich und gehorsam im Wohnzimmer auf dem Sofa liegender Hund, trotz behaglicher Charaktereigenschaften eine tickende Zeitbombe sein kann.

Das zauberhafte Tier zog so heftig an der Leine, dass es anfing zu röcheln, seinem Herrchen fast den Arm auskugelte, ihn unfreiwillig zu Boden riss und einige Meter hinter sich her schliff.

Spontan und ohne lange zu überlegen sprintete Tommy los, auf der Suche nach einem Versteck, um sich vor diesem überproportionierten Ungetüm mit der Beißkraft einer Müllpresse zu schützen.

Das Fahrzeug des Kurierfahrers stand immer noch offen und mit einem waghalsigen, sportbewussten und gezielten Sprung landete Tommy im Inneren dieses Transporters und verschwand zwischen den Kartons. Hier will er einen kurzen Moment warten, bis die Gefahr gebannt ist und dann schnellstens zu seinem Herrchen zurückkehren.

Doch dann kam der Kurierfahrer, stellte seine Sackkarre in den Wagen, schloss die Hecktür und setzte sich ins Führerhaus. Tommy war auf einmal eingesperrt, eingesperrt zwischen Regalen mit Regalboxen und Schubkästen, die gefüllt waren mit diversen Paketen und Päckchen.

Vorsichtig schlich er aus seinem Versteck hervor, beschnüffelte die Kartons, die nach Tapetenlöser, Spülmittel und Kleber rochen.

Dann das plötzliche Aufheulen des Motors, der daraufhin in ein sanftes Schnurren überging. Das Autoradio sprang gleichzeitig an und die Schallwellen des Liedes

"Rocking around the Christmas tree

at the Christmas party hop
mistletoe hung where you can see
every couple tries to stop"

dröhnten durch die Karosserie. Sie sprengten Tommy fast die Ohren ab, so laut erklang es.

Orientierungslos stand Tommy da und tausend latente Fragezeichen schwebten über seinem Kopf, wie Bläschen in der Sodaflasche.

»Was passiert hier«, maute er. »Wo fährt das Auto hin?«

Er kratze an der Innenverkleidung der Hecktür und fing an zu miauen:

»Hey, du hast einen blinden Passagier an Bord. Halt an, ich will aussteigen«, doch die Lautstärke der Musik sorgte für maximalen Spaß und übertönte jegliche Art von Einwänden.

Kilometer später hielt das Fahrzeug an, der Motor verstummte, die Musik verklang und der Fahrer stieg aus. Tommy verbarg sich hinter einem der Kartons und wartete gespannt darauf, dass die Tür geöffnet wird und er sich aus dieser unangenehmen Lebenssituation befreien kann.

Doch nichts passierte, die Hecktür blieb geschlossen.

Wieder fing Tommy an zu miauen, ließ seine Stimme wehmütig erklingen und klagend ertönen. Um seiner Aufforderung mehr Ausdruck zu verleihen, ließ er illustrativ seine Krallen in Erscheinung treten und schlug sie in die hölzerne Innenverkleidung.

Dabei setzte er seinen beeindruckenden Killerblick auf und miaute:

»Mach sofort die Tür auf, sonst klatscht es hier gleich, aber keinen Beifall. Dann kannst du deine Zähne mit gebrochenen Fingern aufheben.«

Auch seine impertinente Drohung brachte ihn nicht weiter. Tommy horchte, spitze die Ohren, hörte nur das rasche Vorbeifahren eines Autos und Stimmen, die sich in weiterer Entfernung befanden.

»Wenn ich dich kriege, dann bleib lieber am Boden liegen«, zeterte er weiter, »dann tut es nicht mehr so weh, wenn du wieder fällst.«

Geraume Zeit später kam der Fahrer zurück, stieg ein und fuhr weiter. Wieder dauerte es eine Zeit lang, bis das Fahrzeug zum Stillstand kam. Dann endlich wurde die Hecktür geöffnet. Der Mann zog wieder die Sackkarre heraus, belud sie mit Paketen und Päckchen und verschwand.

Tommy kam zwischen den hintersten Kartons hervorgekrochen und sah die Gelegenheit, die Gelegenheit zu türmen. Mit einem gezielten Sprung von der Ladefläche auf die Straße überwältigte Tommy die Distanz zwischen der Verbannung und dem Freiheitsgefühl.

Jean-Jacques Rousseau hatte einmal gesagt: "Der Mensch ist frei geboren, und liegt doch überall in Ketten."

Tommy verkroch sich sofort unter das nächste Fahrzeug, das abgestellt am Straßenrand stand und beobachtete den Fahrer, wie er mit der Sackkarre zurückkam, sie in den Transporter lud, einstieg und weiter fuhr.

Langsam kroch Tommy unter dem Auto hervor, schaute sich nach allen Seiten um und stellte fest, dass er sich in einer total unbekannten Gegend befand. Er dachte an sein Herrchen, an die schönen gemeinsamen Stunden, die sie in ihrer monotonen Gemeinschaft verbrachten. Er dachte an die Streiche, die lustig waren und das Zusammenleben auffrischte. An den bejammernswerten Schrei, als er ihm nachts in den Zeh gebissen hatte; an den blauen Bildschirm mit Hexadezimalzahlen und Fehlercodes, die auf dem Computer erschienen, als er mit den einzelnen trampolinartigen Tastaturen spielte. Er dachte auch an die Schale mit dem Katzengras, die er immer wieder als Liegewiese benutzte.

»Herrchen wird sich bestimmt Sorgen machen«, miaute er quälend vor sich hin.

»Ich muss zu Herrchen«, bestimmte er daraufhin.

Doch wo führt der Weg entlang? Zu beiden Seiten verließ die Straße geradeaus. Auf der einen Seite war in kurzer Entfernung ein Park zu sehen, auf der anderen Seite die bunten funkelnden Lichter einer weihnachtlich geschmückten Einkaufspassage.

3. Auf zu neuen Ufern

Von dem Glanz der Lichter angezogen, entschloss sich Tommy für den Weg ins Zentrum. Überall waren die Schaufenster der Kaufhäuser liebevoll geschmückt. Sie werden jedes Jahr zu Weihnachten heraus geputzt und laden mit ihren liebevoll und detailreich dekorierten Auslagen zum Weihnachtsbummel ein.

Das Handschuhgeschäft hatte einen Tannenbaum, der mit lauter Handschuhen geschmückt war. Ein anderes Geschäft hatte zwei festlich gekleidete Schaufensterpuppen neben einen Tannenbaum stehen, der so viel LED-Lämpchen hatte, dass kaum eine Nadel zu sehen war. Im nächsten Geschäft fuhr eine Eisenbahn durch eine mit Watte dekorierte Schneelandschaft. Daneben ein Schneemann, aus verschieden großen Styroporkugeln zusammengeklebt mit Knöpfen als Augen und einer Karotte als Nase.

Nackte Bäume, die die Wege säumten, waren mit Lichterketten behangen, die Häuser mit aufwendigem Weihnachtsschmuck verschönert.

In der Nische eines Hauseinganges stand ein älterer Herr und telefonierte mit seinem Handy:

»Was? Zu Weihnachten feiert ihr die Geburt Christel …, wusste gar nicht, dass meine Frau am 24. Dezember Geburtstag hat …, ja …, ja Christel, so darf ich sie nur nennen! … Ach du meinst Christi, Jesus Christus. … Ach der hat auch Geburtstag?«

Was für eine Technik so ein Handy. Über Nacht hat es den Einzug in jeden Haushalt geschafft und ist besonders bei Jugendlichen zu einer Geldschluckmaschine geworden.

Das Mobiltelefon ist zu einer Grundausstattung geworden und das Telefonieren zu einem Grundbedürfnis, zu einer der wichtigsten und zeitaufwendigsten Alltagsbeschäftigungen. Und immer wieder werden neue Modelle entwickelt, wie das sagenumwobene iPhone und das Smartphone, dessen Funktionen sich abgesehen von der Touch-Screen Funktion nicht wesentlich von einem normalen Handy unterscheiden, jedoch fünfmal so viel kosten. Es wird mehr Geld ausgegeben für Handys, als für Kinobesuche und Konzerte.

Tommy ging weiter, schlich sich an den Hauswänden entlang und landete im Zentrum der Fußgängerzone.

Hier gibt es für jeden etwas. Kaufhäuser, Boutiquen und Fachgeschäfte bieten ihre Ware an.

In der Mitte ein Weihnachtsmarkt, wo man kunsthandwerkliche Adventsartikel, kulinarische Köstlichkeiten und erhitzen Rotwein mit weihnachtlichen Gewürzen erwerben kann, sowie von stimmungsvoller Musik begleitet wird. Aufführungen von Straßenkünstlern präsentieren sich entlang der weihnachtlich geschmückten Einkaufsstraße.

Überall riecht es nach Tanne, Glühwein, Anis, Zimt und anderen exotischen Gewürzen.

Von Bratwurst, über Kartoffelpuffer, Burgunderschinken bis hin zu gebrannten Mandeln, Schmalzgebäck und Nüssen wurden viele leckere Sachen für den hungrigen Besucher angeboten.

Tommy spürte, wie sein Magen nach Nahrung rief. Er dachte gerade an seine Fressnäpfe, die noch gefüllt zu Hause herumstanden und eigentlich darauf warteten, in seinem Bauch zu verschwinden. Langsam krampft sich sein Magen vor Ungeduld und er fing an, Ausschau nach was Fressbaren zu halten.

Die Würstchenbude trat in sein Visier. Eine herausragende Errungenschaft aus dem kulinarischen Bereich, wobei dieser Besitzer seine Zielgruppe auf türkischstämmige Bürger erweiterte hatte und somit auch Döner verkaufte.

Döner hatte er mal gegessen, daran konnte er sich noch gut erinnern. Es war während eines Telefonats, das sein Herrchen gedankenversunken führte und er dann unbewusst Tommy mit einem Stückchen Schichtfleisch nach dem anderen fütterte.

Als das Gespräch zu Ende war, da fiel ihm fast der Kitt aus der Brille. Der Teller war bis auf ein paar Krümel soweit leer, sodass er sich nur noch mit ein paar Pommes und der Salatbeilage begnügen konnte.

Vorsichtig schlich sich Tommy an die Würstchenbude heran, kroch unter und hinter den Marktbuden entlang.

Die Gänge sind eng und man muss höllisch aufpassen, um nicht von den vielen Beinen unweigerlich gestoßen oder gar getreten zu werden. Schon ein simples Stolpern würde ausreichen, um den Verkehrsfluss ins Stocken zu bringen.

Tommy dachte wieder mal an Zuhause, an die leckeren Mahlzeiten, die ihm Herrchen täglich servierte. Er dachte an Ragout, Lachs und Huhn mit Kartoffeln und Distel-Öl, Rind mit italienischen Schinken, Lamm und Rind mit Naturreis und Weizenkeimöl, Wild und Geflügel mit Vollkornnudeln, Rind mit Kartoffel und Schwarzkümmelöl, Schaf und Geflügel mit Naturreis.

Er dachte auch an Pate mit Leber und Apfel, an Cocktail mit Huhn, Rind und Tomate, an Lachspastete mit Forellenstückchen auf Joghurt-Gelee und an Karotte mit Lauch und Sellerie.

Hmmm …, das Wasser lief ihm im Munde zusammen und die Empfindung nach einer sanften Massage seines kulinarischen Gaumens wurde immer mehr angeregt.

Dann der Geruch von gut gewürzten, saftigen, goldbraun gegrillten Würstchen mit dem dezenten Rauch, eines Holzkohlegrills und die schmackhaften vom senkrechten Grill geschnittenen knusprigen Fleischstücke.

Neben den davorstehenden Abfalleimer erblickte Tommy eine angebissene Bratwurst. Sie schien noch warm zu sein, denn kleine Rauchschwaden stießen von der Wurst empor.

Langsam näherte er sich dem Ziel, vorbei an den gewaltigen Ansammlungen von Beinen, Röcken, Hosen und Schuhen. Er kroch unter dem Imbisswagen und wartete auf die beste Gelegenheit, denn Essen ist die einzige Art der Philosophie, von der man satt werden kann.

Schnell wie der Blitz schnappte er sich die Wurst und verschwand ebenso schnell wieder unter dem Imbisswagen. Genussvoll zerkaute er die Wurst und sie füllte nur geringfügig seinen Bauch. Dann ging er weiter.

An einer Geschäftszeile fährt ein Straßenmusiker mit einem Leierkasten entlang und gibt ein vorweihnachtliches Konzert.

Lieder wie:

O ... du ... fröh – lich - e,
o ... du ... se – li - ge,
gna - den brin – gen - de
Weih – nachts - zeit

und

Al - le Jah - re ... wie - der ...
kommt das ... Chri – stus - kind
auf die Er - de nie – der,
wo wir Men - schen sind

erklingen über das Lochband im inneren der Drehorgel. Einige singen beim Vorbeigehen mit, andere Summen den Melodien nach.

Tommy verließ den Weihnachtsmarkt, wo viele Menschen hektisch unterwegs sind, um noch irgendwelche Sachen für die Weihnachtsfeierlichkeiten einzukaufen.

Früher war Herrchen auch unterwegs, um ausgiebig Geschenke zu kaufen, besonders für sein verstorbenes Frauchen. Er hatte immer gesagt, dass es einfach sei, ein passendes Geschenk zu finden. Sie liebte Schmuck über alles.

Zwar trug sie nie viel davon, mal ein oder zwei Teile höchstens, aber sie hortete es gerne und erfreute sich an dem Anblick. Wenn sie ihre Schmuckschatulle öffnete, dann sah es aus, als hätte sie ein Piratenschiff gekapert.

Der Weihnachtsmarkt lag bereits lange hinter ihm, als Tommy das Klirren einer Fensterscheibe hörte. Ein markerschütterndes Scheppern durchfuhr das Ende der Fußgängerzone. Eine Alarmanlage fing schrill und laut an, zu heulen. Von der Neugier geplagt, schritt Tommy dem Geschehnis entgegen.

Ein Mann stand vor einem Geschäft, griff durch die zerbrochene Scheibe ins Innere und holte einige Dinge heraus, die er schnellstens in seinen Rucksack verstaute. Dabei schnitt er sich an der zerbrochenen Scheibe und das Blut färbte den Gehsteig rot.

Eiligst schloss er seinen Rucksack, band ihn sich um und lief die abgelegene Gasse entlang, ohne vorher die Ware zu bezahlen. Blutstropfen säumten seinen Weg.

Kaum verschwunden ertönte auch schon die erste Sirene eines Dienstfahrzeuges der Polizei und beim Heranfahren fing das streuende blaue Licht an, auf dem Gehweg zu funkeln. In kürzester Zeit standen plötzlich zig Männer in Uniformen um den Laden herum oder liefen wild umher.

Weitere Wagen der Polizei näherten sich mit heulenden Sirenen und bildeten eine Wagenburg. Weiträumig wurde die ganze Gegend abgesperrt. Innerhalb weniger Minuten verwandelte sich der Tatort in einem Kriegsschauplatz. Zwar waren sich die Polizisten im Unklaren über den Umfang der kriminellen Tat, jedoch war klar, dass hier ein Profi am Werk war.

Tommy ging weiter, schließlich hat er sich zur Aufgabe gemacht, sein Zuhause wiederzufinden. Er kam an eine Ansammlung von Einzelhäusern vorbei und bestaunte die festlichen Vorgärten sowie die Häuser mit den wunderbaren winterlichen Überlegungen.

In einen der Gärten stand ein Weihnachtsmann mit einem bunt leuchtenden Schlitten und mit Rentieren, die ihren Kopf und auch ihre Beine bewegen konnten.

Nebenan befanden sich Silhouetten von Lokomotiven, die den Schein wiedergaben, als würden sie fahren und daneben dicke Schneemänner, die einem zuwinkten.

Wunderschön waren die Häuser dekoriert mit Lichterketten, Tannenbäumen und Sternen. Die Fenster waren beleuchtet mit Adventskränzen, Sternschnuppen, Lichterbögen, Fensterbildern, Pyramiden und anderen vorweihnachtlichen Kunstwerken.

Einige waren sehr pompös geschmückt, andere waren eher für eine bescheidene Beleuchtung, weiter oben bevorzugte man Figuren, Illuminationen.

Herrchen hatte immer gesagt, dass er es nicht so mag, wenn die Gärten vollgestellt werden, dass kein Gras mehr zu sehen ist und das alles immer so hell leuchtet, wie in einem Fußballstadium.

Tommy kam an einem Grundstück vorbei, wo auf der anderen Seite der Einfahrt ein bemerkenswertes Wesen mitten auf der Zufahrt lag. Er hatte einen kurzen, breiten und flachen Kopf, der besonders durch seine platte Nase auffiel und den Anschein wiedergab, als wenn er ständig gegen einen Kantstein laufen würde.

Seine Stirn war übersät mit tiefen Falten, seine Augäpfel traten wie bei einem Basedow Kranken hervor und sein überfütterter, quadratischer Körperbau ließ ihn wie eine pralle Wurst aussehen.

Der Schwanz war geringelt, als wenn er zuvor auf einem Lockenwickler fixiert wurde und mit seinen Stummelbeinen konnte er jeder Frau bequem unter den Rock schauen.

Er war bemerkenswert gekleidet, trug einen mit Pailletten verzierten roten Mantel mit weißem Kragen und weißem Saum sowie zwei kleine aufgenähte weiße Engelsflügel auf dem Rücken.

Sein Blick war verlegen und schaute den Weg hinunter. Er schien niedergeschlagen, träge und apathisch zu sein.

»Geht es dir gut«, miaute Tommy vorsichtig die Gestalt an.

»Sehe ich etwas aus, als wenn es mir gut gehen würde«, winselte er leicht desinteressiert zurück.

»Bist du ein Hund?«

»Ja meinst du ich wäre ein wiederkäuendes Huftier aus dem Hackfleischbrötchen gemacht werden?«

»Nein, das nicht, aber warum hast du so ein komisches Fell«, wollte Tommy unbedingt wissen.

»Das ist nicht mein Fell, das ist ein Kostüm.«

»Ein Kostüm? Trägt man Kostüme nicht in Brasilien?«

»Hatte ich auch mal gedacht. Aber mein Herrchen meinte, dass man auch zum Fest der Liebe sich so richtig in Schale schmeißen sollte. Er ist der Meinung, dass ich damit die Blicke der Mädchen auf mich ziehen würde. Er meint wohl eher die Blicke der Mädchen auf ihn, auf den unscheinbaren Jungen von der Ecke. Manchmal muss ich beim Gassi gehen dann noch so ein albernes Geweih mit Glöckchen und Musik tragen. Er will damit Aufmerksamkeit erregen und stark und männlich wirken. Ich bin froh …, wenn die Festtage bald vorbei sind.«

»Wieso?«

»Na dann brauche ich den Krempel nicht mehr zu tragen.«

»Naja ein bisschen eigenartig siehst du schon mit dem Kostüm aus.«

»Letztens hatte die Verkäuferin von so einem Hundeshop meinem Herrchen erstmal darauf aufmerksam gemacht, dass ich eigentlich ein Rüde bin. Er war nämlich gerade dabei ein rosa Kleidchen, eine Brille und ein rosa Handtäschchen für mich zu kaufen. Was für ein totaler Blödsinn.«

Er sah traurig aus, füllte sich nicht wohl in seiner Maskerade. Leider konnte Tommy ihm nicht helfen, er musste selbst erstmal sein eigenes Problem lösen.

»Und was machst du so hier in dieser versnobten Gegend«, wuffte der Weihnachtsmops.

»Ich suche mein Zuhause«, und so erzählte er ihm die Geschichte von der offenen Haustür bis hin zu diesem Ort, wo er sich jetzt befand.

»Geh doch zum Weihnachtsmann«, knurrte der Hund.

»Zum Weihnachtsmann?«

»Ja zum Weihnachtsmann! Das ist so was Ähnliches wie ein Christkind, nur mit langem Bart, dickem Bauch und langer roter Kutte. Menschen glauben an ihm, weil er jedes Jahr mit einem von Rentieren gezogenen Schlitten reist und großzügig Geschenke verteilt. Demzufolge muss er auch alle Menschen auf der Welt kennen und auch deren Adressen.«

»Wow«, erstaunte es Tommy. »Und woher hat er die Adressen alle?«

»Er hat ein altes verstaubtes lederbezogenes Buch, indem alles steht, so was Ähnliches wie ein Einwohnerverzeichnis.

Aber es ist nicht nur ein Adressbuch, es ist auch gleichzeitig eine Berufsanleitung. Da steht nämlich auch drin, was der Weihnachtsmann alles zu machen hat. Alle seine Aufgaben stehen in dieser dicken Schwarte, wie man den Schlitten fliegt, wie man Kinder beobachtet und vieles mehr.«

»Und wo finde ich diesen Weihnachtsmann«, wollte Tommy wissen.

»Soviel wie ich weiß, wohnt er mit seinen Rentieren am Nordpol, da wo es viel Eis und Schnee gibt, bei Rudi, dem verbündeten vom Weihnachtsmann. Den erkennt man an seiner leuchtend roten Nase.«

»Warum hat er denn eine leuchtend rote Nase?«

»Naja, wahrscheinlich, weil er mit dem Weihnachtsmann gerne mal ein Likörchen zwitschert. Vielleicht hat er auch nur Schnupfen, ist erkältet oder er leuchtet damit den Weihnachtsmann den Weg, keine Ahnung.«

»Und wo ist der Nordpol.«

»Im Norden natürlich, du Dummkopf.«

»Hä«, äußerte sich Tommy und schaute dabei nach allen Seiten.

»Na da«, sprach der Hund und sah erst nach Süden, schwenkte aber dann seinen Kopf in entgegengesetzter Richtung.

»Da entlang, immer geradeaus, bis Schnee kommt und dann immer weiter, bis du eine Holzhütte siehst, durch deren Fenster ein sanftes Licht scheint und ein leichter Rauch aus dem Schornstein ringelt. Da wohnt der Weihnachtsmann.«

Im gleichen Augenblick kam ein Pinscher vom Nachbargrundstück angerannt und unterbrach die Unterhaltung:

»Hey Kumpel, wie sieht's aus, las uns spielen.«

»Was denn?«, fragte der Mops gelangweilt.

»Na vielleicht Spürnase oder ..., ey das ist doch eine Katze, mit der du dich da unterhältst.«

»Na und?«

»Wir sind Hunde, wir jagen Katzen.«

»Nicht heute. Das arme Vieh hat sich verlaufen und sucht nun sein Zuhause. Ich gebe ihm gerade Tipps, also unterbrich mich nicht.«

Er wandte sich Tommy wieder zu und sprach abschließend:

»Also wie gesagt, da runter bis Schnee kommt und dann ist es nicht mehr weit.«

»Danke«, miaute Tommy freudig. »Ich gehe in das Reich des Weihnachtsmannes. Er soll mir helfen mein Zuhause wiederzufinden.«

»Du musst dich aber beeilen. Übermorgen ist das Weihnachtsfest, da hat er dann viel zu tun, muss seinen Schlitten beladen und den braven Kindern die Geschenke bringen.

Da kann er sich nicht noch um dein Problem kümmern.«

»Danke ich werde mich beeilen.«

»Und schau mal wieder vorbei, wenn du in der Nähe bist, würde mich interessieren, was aus deiner Suchaktion geworden ist«, bellte der Hund noch hinterher, doch Tommy war schon viel zu weit.

4. Ein Schlafplatz mit Waldaroma und dem Citrus-Geruch frisch geschlagener Bäume

Es war inzwischen spät und stockdüster geworden. Die Straßen waren leer und auch der Verkehr ruhte schon längst. Vereinzeld sieht man erleuchtete Lichterbögen, die eine alte Tradition haben.

Früher stellten die Menschen Lichterbögen in den Fenstern, um den Bergleuten auch im Dunkeln den Weg nach Hause zu zeigen und noch heute wird an dieser Tradition weiter festgehalten, sodass zur Weihnachtszeit ein Lichterbogen im Fenster nicht fehlen darf.

Tommy wurde kalt und auch die Müdigkeit überfiel ihn so langsam. Er musste sich ein Unterschlupf suchen, am liebsten so ein kuscheliges warmes Kopfkissen wie Zuhause, wo er neben Herrchen lag und seine Krallen öfters mal in dessen Kopf vergrub, wenn er sich nachts nach allen Seiten regte.

Daraufhin bekam Tommy sein eigenes Bettchen, weich und flauschig, mit gepolstertem Rand und abgesenkten Einstieg, was er aber schonte und nur unregelmäßig benutzte.

»Ach was war Herrchen damals erstaunt«, miaute Tommy schmunzelnd vor sich hin, »als er in der Polsterritze meines

Bettchen seine Farbwalze wiederfand. Ich hatte sie ihm gemaust, als er den Flur malen wollte. Er musste extra zum Baumarkt fahren, um neue zu holen, weil er keine Ersatzrollen mehr hatte.«

Ja Tommy erinnerte sich an die schönen Zeiten zu Hause mit seinem Herrchen, an den Kampf mit dem Staubsauger, den er so kräftig verdroschen hatte, dass einzelne Teile herausbrachen. Er erinnerte sich auch an die neue Pflanze, dessen Blätter er genussvoll durch die Fangzähne zog, dass sie anschließend aussah wie eine Fadengardine.

Auch an die Raufasertapete konnte er sich gut erinnern, die sich gut als Kletterhilfe erwies, als er einer Fliege nachstellte und an das Buddeln nach alten Artefakten in eins der Blumentöpfe. An all die schönen Zeiten, die man gemeinsam erlebt hatte und über dessen dumme Streiche Herrchen niemals böse war.

Tommy kam wieder an einem Grundstück vorbei, das von einem heckenlosen Zaun begrenzt wurde. Auf der anderen Seite des Zaunes lief eine Katzendame neben Tommy her und schaute zu ihm rüber.

»Na, was bist du denn für ein fescher Kater«, schnurrte sie.

»Las mich zufrieden«, entgegnete Tommy ihr.

»Möchtest du deine Unschuld verlieren?«

»Hä, was bist du denn für eine? Meine Unschuld habe ich schon vor langer, langer Zeit verloren.«

»Lügner, Lügner!«

»Ich lüge nicht.«

»Soll ich dich dann zum Essen einladen. Du hast doch sicherlich Hunger.«

»Hab keinen Hunger.«

»Ich hab daheim eine Katzenklappe, damit kann ich jederzeit ins Haus gelangen. Möchtest du nicht vielleicht doch mitkommen?«

»Nein, ich hab was anderes zu tun.«

»Was hast du schon zu tun, doch nichts Bestimmtes. Du läufst doch sicherlich hier längs, weil du mich attraktiv, sympathisch und hübsch findest und du mich unbedingt kennenlernen möchtest.«

Tommy blieb stehen, sah die Katze an und maute genervt:

»Jeder hat das Recht hässlich zu sein, doch du übertreibst es dermaßen. Hau bloß ab, du blöde Kuh. Du vergeudest nur meine wertvolle Zeit.«

»Ey du fetter Kater, spricht man so mit einer Katzendame?«

»Ich bin Fett, du bist hässlich. Ich kann abnehmen und was kannst du?«

Daraufhin wechselte er die Straßenseite, worauf sie noch fauchend hinter ihm her schrie:

»Und du bist so fett, dass du durch die Erdkrümmung deinen Arsch von vorne sehen kannst.«

Tommy marschierte weiter den Weg Richtung Norden, suchend nach einem Unterschlupf, wo er für ein paar Stunden schlafen könnte.

Von weiten sah er eine Familie auf sich zukommen. Er kroch unter eins der parkenden Autos und ließ die Menschen an sich vorübergehen. Er wollte nicht bemerkt werden, sich nicht von seiner Mission abhalten lassen, keine unnötige Zeit vertrödeln, nur weil die Menschen der Meinung sind, sie müssten eine Katze streicheln.

Es waren zwei Erwachsenen und zwei Kinder, zwei Teenager, ein Junge und ein Mädchen. Der Vater sprach zu seinem Sprössling:

»Hast du an den Weihnachtsmann geschrieben?«

»Ach Papa«, antwortete der Sohn.

»Ja woher soll er sonst wissen, was ihr euch wünscht.«

Genervt, gelangweilt und ein wenig desinteressiert kam dann die Antwort:

»Papa, du weißt doch, was wir uns wünschen.«

»Es geht um den Weihnachtsmann. Wir…, wir haben damit nichts zu tun«, erwiderte der Vater.

»Ach e-c-h-t«, bemerkte daraufhin die Tochter sichtlich erstaunt.

Als sie vorbei waren, kroch Tommy unter dem Auto wieder hervor und trabte weiter. Er muss sein Ziel erreichen, um glücklich und zufrieden einen "Triumph della Numero Uno" von sich tragen zu können.

Der Wind fing an eisiger zu werden und peitschte dem armen Kater ins Gesicht. Seine Augen fingen an zu tränen und seine Pfoten zu erstarren. Er war es nicht gewohnt als Hauskatze, bei so einem kalten Wetter unterwegs zu sein. Vielmehr saß er in der warmen Bude, schaute zum Fenster hinaus und beobachtete Vögel, die da flogen.

Mit exorbitanten Augen sah er ihnen hinterher, fing an zu meckern, mit der Oberlippe zu bibbern, was einer Drohung gleichkam.

Tommy marschierte mit seitlich geneigtem Kopf gegen den Wind, der hypnotisierend ihm entgegen kam. Dann sah er eine Absperrung, ein Bauzaun, der an vier Seiten geschlossen war und auf Sockelfüßen stand.

Innen aufgestapelt diverse Weihnachtsbäume, die zur platzsparenden Lagerung und zum einfacheren Handling in einem Schlauchnetz verpackt waren. Unter den Stapeln von Tannen gesichert und versteckt der Verpackungstrichter. Ein Gerät, das Tannenbäume einnetzt, um sie platzsparend zu lagern.

»Zwischen den Tannen wird es bestimmt mollig warm sein«, mauzte Tommy und entschloss sich inmitten der Bäume ein gemütliches Bettchen herzurichten.

Er schaute sich das Drahtgitterelement in der Höhe und Breite genauestens an und stellte dabei fest, dass die Maschen zwar in der Höhe, jedoch nicht in der Breite zu seiner punktuell suboptimalen Figur passen. Auch der Betonsockel, indem die Standrohre des Zaunes standen, war nicht hoch genug, um unter durchzukriechen.

Es blieb ihm nichts anderes übrig, als seine nach vorn gekrümmten Krallen wie Steigeisen zu benutzen und so über jede einzelne Masche bis zur oberen Querstange hinaufzuklettern, um dann von dort auf die

Tannen zu springen. Danach verkroch er sich ins Innere.

Umgeben von der Nordmanntanne mit ihren verhältnismäßig weichen Nadeln, von der Blaufichte mit ihrem unverkennbaren Blauschimmer und der Edeltanne, die durch ihre Schönheit und den unverkennbaren Orangenduft besticht, formte Tommy sich sein Nachtlager. Neben der Fichte, den wohl günstigsten Baum mit der kürzeren Lebensdauer und der Douglasie, die eigentlich gar keine Tanne ist, aber sehr weiche und dünne Nadeln hat, will er sein Nickerchen halten.

Eingeschlossen von dem aromatischen würzigen Harzgeruch, dem angenehm duftenden Waldaroma und dem Citrus-Geruch frisch geschlagener Bäume, schlief Tommy auch recht schnell ein.

Träume füllten seinen Schlaf aus. Seine Pfoten fingen an zu zittern, seine Muskeln zu zucken. Einzelne Krallen fingen an sich zu bewegen, griffen nach was und hielten es gleichzeitig fest. Er schwebte im Katzenhimmel und ist gerade dabei, seine "Bilder des Tages" zu verarbeiten.

Ein Schneemann sprach im Traum zu ihm, den er auf dem Weg zu seinem Weihnachtsmann traf:

»Hallo Tommy.«

»Hallo Schneemann.«

»Warum so betrübt?«

»Ich habe mein Herrchen verloren und weiß nicht was ich tun soll.«

»Wenigstens hast du ein Herrchen. Ich wurde irgendwann mal aus dem Schnee zusammengerollt und hier in der Kälte zurückgelassen.«

»Das tut mir leid.«

»Musst dir nicht, ist ja schließlich mein Schicksal. Und du?«

»Das Dumme ist, ich bin noch nie von meinem Herrchen weg gewesen«, sprach Tommy herzbewegend.

»Mach dir keinen Kopf. Weiß du, ich bin schon viele Male um die Welt gereist, als ich noch eine junge Kumuluswolke war. Dieses Land ist voller fantastischer Momente, voller zündender Ideen und strategischen Konzepten, nur die Hunde sind blöd. Sie pinkeln immer Schneemänner an.«

Plötzlich wurde Tommy aus seinem Traum gerissen. Es war spät in der Nacht. Ihm war, als hätte er draußen Stimmen gehört. Er lugte aus den Zweigen einer Tanne hervor und tatsächlich. Ein Schatten trat aus dem Schein des Mondes hervor. Ein Zweiter folgte ihm. Der eine befand sich innerhalb der Zaunabsperrung und sortierte die

Tannenbäume aus. Er man maß mit seiner Körpergröße und hievte ihn über den Bauzaun, wo der Zweite ihn entgegen nahm. Dabei sprach er:

»Ich bin der Meinung, du solltest deinen Kindern die Wahrheit sagen.«

»Die Wahrheit? Die Wahrheit über was?«

»Deine Kinder sind alt genug um die Wahrheit zu erfahren. Sie sind keine Kleinkinder mehr. Du willst ja nur nicht, dass sie erwachsen werden.«

»Was für eine Wahrheit?«

»Na das mit dem Santa Claus, Weihnachtsmann, Väterchen Frost oder wie du ihn auch nennst. Die Figur des Weihnachtsmannes geht auf einen Bischof zurück, der im 3. Jhd, gelebt hatte und am 6. Dezember gestorben war.

Man kennt ihn besser als Nikolaus, wo seit dem Mittelalter an seinem Todestag Kinder und Arme beschenkt werden.

Der Reformator Martin Luther schaffte diesen Brauch jedoch 1535 ab. Als Ersatz sollte nun der Heilige Christ zu Weihnachten Geschenke bringen. Der ursprünglich als Bischof dargestellte Nikolaus verschmolz damit zunehmend mit der Gestalt als Weihnachtsmann oder verniedlicht als Christkind.

Seine eigentliche Form als mollig, lustig, mit langem Rauschebart und der typischen roten Bekleidung, verdanken wir der Werbekampagne eines Brauseherstellers, der damit quasi das heutige Erscheinungsbild festlegte.«

»Meine Kinder würden das als eine Lüge ansehen, und nur weil überall in den Straßen falsche Weihnachtsmänner stehen, muss es nicht heißen, dass in den Augen der Kinder es keinen echten gibt.«

»Naja überlege mal. Es gibt zehn Millionen Kinder in Deutschland unter vierzehn Jahren. Bei einer durchschnittlichen Kinderzahl von ca. 1,4 pro Familie ergibt das ungefähr sieben Millionen Haushalte. Der Heiligabend hat vierundzwanzig Stunden, der Weihnachtsmann muss also über achtzig Wohnungen in einer Sekunde besuchen. Somit hat er für jeden Haushalt 90 Millisekunde Zeit für seine Arbeit, einschließlich den Schlitten zu Parken, den Schornstein herunterklettern, die Geschenke unter dem Weihnachtsbaum verteilen, den Schornstein wieder hinaufklettern und zum nächsten Haushalt fliegen.

Wenn man davon ausgeht, dass jeder Haushalt auch nur durchschnittlich ein Kilometer voneinander entfernt liegt, so legt er in der Zeit eine Entfernung von ungefähr sieben Millionen Kilometer zurück. Das bedeutet, dass der Schlitten des Weihnachtsmannes mit einer durchschnittlichen Geschwindigkeit von 5.000 Kilometer pro Minute fliegt. Meinst du nicht, dass Kinder sich darüber auch schon Gedanken gemacht haben?«

»Du kommst auf Ideen. Man merkt sofort, dass du keine Kinder hast.« Dabei hievte er den zweiten Tannenbaum über den Zaun.

»Naja ich bin eben Theoretiker.«

»Du bist kein Theoretiker, du bist ein Skeptiker. Du glaubst auch nur, was du siehst.«

Der Mann verließ die Umzäunung, stemmte zwei Gitterelemente auseinander und zwängte sich hindurch. Draußen führte der Skeptiker seine Ansicht fort:

»Nein Quatsch, aber denkt mal logisch. Geh mal von dem Gewicht aus. Nimm mal an, jedes Kind erhält ein Geschenk von etwa einem Kilo Gewicht, dann ist der Schlitten mit siebentausend Tonnen beladen. Unter Berücksichtigung, dass ein Rentier circa 175 Kilo ziehen kann, müssten dann über 40.000 Rentiere den Schlitten durch die Lüfte schleifen.«

»Lass den Kindern den kindhaften Glauben, die Poesie, die Romantik, die unser Leben erleichtert, und erlösche nicht das außerirdische Licht, mit dem die Kindheit die

Welt sieht. Nichts auf dieser Welt ist so wirklich wahr, wie der Glaube an den Weihnachtsmann. Er wird immer und alle Zeit leben und er wird immer wieder die Herzen der Kinder erfreuen.«

»Genau«, maute Tommy den Dieben hinterher, als sie die Bäume unter den Arm nahmen und fortgingen. »Es gibt ihn wirklich und ich werde ihn finden, das schwöre ich euch.«

»Was war das«, fragte der eine Mann erschrocken, drehte sich um und sah Kater Tommy aus den Tannenspitzen herausgucken.

»Ach das ist eine Katze zwischen den Tannen, die miaute«, sprach er und ging weiter.

Tommy drehte sich um, kroch noch tiefer in die mit Schlauchnetzen verpackten, wärmenden Tannen, um seine Ruhe zu haben und schlief weiter.

5.Gibt es den Weihnachtsmann wirklich

Wieder fing er an zu träumen, von seinem Zuhause. Von seinem Herrchen wie er mit voller Klappbox und graziösen Bewegungen, um Tommy nicht zu treten, stolperte und dabei feststellte, dass die Erdanziehung unbarmherzig und wachsam sein kann und jedes Lebewesen auf den Boden der Tatsachen bringt.

Er träumte davon, wie Herrchen das Badezimmer wischte, er Währendes das hochgestellte Klo benutzte, wobei durch das Scharren der Katzenstreu ein Bombardement entwickelt wurde, das anschließend das Badezimmer aussah, als wenn ein Sandsturm die Sahara verwüstet hätte.

Auch wie er im Waschbecken schlief, weil die runde Muldenform sich so wunderbar an seinen Körper anschmiegte und keine doofen Ecken und Kanten hatte. Sein Herrchen stellte sich jedes Mal die Frage, ob er künftig das Zähneputzen ausfallen lassen sollte.

Ja Tommy hatte sein Herrchen voll im Griff, hatte freien Zugang zu jeglichem Futter und die Berechtigung, sich überall breitzumachen. Manchmal musste sein Herrchen sogar auf den Schlaf verzichten, wenn Tommy den ganzen Tag über ausgeruht war und nachts im Bett anfängt, nach Mäusen zu suchen.

Ja so war er und im Moment sehnte ihn sich anderes, als nach dem Zuhause.

Tief und fest schlief Tommy, merkte gar nicht, dass es schon längst helllichter Tag war. Erschütterungen rissen ihn aus dem Schlaf. Zuerst waren es nur leichte Stöße, aber dann wurden die Bewegungen immer stärker, wie der Kontinentaldrift zweier Erdplatten, die versuchten, sich gegeneinander wegzuschieben.

Momente, die einem Angsteinjagen könnten, eine Angst, die einen manipuliert Dinge zu tun, die man unter normalen Umständen nicht tun würde, aber mit der Angsterfüllung dann doch tut.

Von außen her drangen zunehmend Stimmen und Gelächter herüber. Offensichtlich Betrunkene, dachte sich Tommy.

»Ruhig bleiben«, sprach er zu sich selbst, »denn ein Kater wie ich, den man auch Gorilla Tom nennt, wird mit den gefährlichsten Situationen fertig. Außerdem ist es uns genauso bestimmt wie bei den Hunden. Wenn die spüren, dass man keine Angst hat, dann tun die einem auch nichts. Die können nämlich die Angst riechen und das macht sie dann nervös, hatte mal mein Herrchen gesagt. Aber wie riecht denn Angst? Hm ...!«

Vorsichtig schlich er zum Eingang seines Unterschlupfs und stellte fest, dass er sich die Kälte ganz gut vom Leibe gehalten hatte. Draußen war es glitzerweiß, es hatte über Nacht geschneit. Straßen und Dächer waren mit einer schneeweißen Decke überzogen. Ringsherum sahen die Bäume wie weiß gepudert aus und an den Dachrinnen fingen die Eiszapfen an, silbrig herunterzuwachsen.

Der Bauzaun stand an zwei Stellen offen und ein Mann nahm immer wieder einen Tannenbaum vom Stapel. Er riss das Schlauchnetz herunter, klopfte mit dem Stamm mehrmals auf den Boden, um die Zweige auseinanderfallen zu lassen und präsentierte ihn einer älteren Dame.

»Sehr schön, der könnte mir gefallen. Doch ich würde ganz gerne noch mal den anderen dahinten sehen.«

»Selbstverständlich sprach der Mann«, nahm den anderen Baum, klopfte auch ihn wieder auf dem Boden und präsentierte ihn von allen Seiten, wie ein Mannequin, das für einen Fotografen für interessante und marktfähige Motive posiert.

»Nein, nein, zeigen sie mir doch noch mal den Ersten.«

Der Mann holte den ersten Baum und ließ ihn gekonnt mit einer Hand im Kreise rotieren, sodass er von allen Seiten angeschaut werden konnte.

»Ja, den nehme ich«, bemerkte die Frau.

»Da haben sie eine gute Wahl getroffen, einer meiner letzten Nordmanntannen.«

»Nur hier auf der einen Seite ist er ein wenig kahl. Können sie diesen Zweig hier unten abschneiden und den hier rein tun«, fragte die ältere Dame.

»Das ist kein Problem«, erwiderte der Mann, nahm eine Baumschere und knipste den untersten Zweig ab. Dann holte er ein Akkuschrauber, bohrte damit an der kahlen Stelle ein Loch in den Stamm, spitzte den abgeschnittenen Zweig an und würgte ihn mit kräftigen hin und her Bewegungen in das Loch.

»Und wie sieht er jetzt aus?«

»Wundervoll«, sagte die Dame. »Ich danke ihnen, junger Mann.«

Die Frau bezahlte. Der Mann schob die Tanne durch den Verpackungstrichter, pfiff seinen Sohn herbei und befahl:

»Bring der Dame den Baum nach Hause.«

Unbemerkt sprang Tommy aus den Tannenbäumen hervor und schlich sich auf Zehen und Ballen fort. Es ist die lautlose Art zu gehen, um die Gefahr zu verringern, verräterisch knackende Zweige, raschelndes Laub oder knirschenden Schnee zu zertreten.

Tommy stampfte los und sofort versanken seine Pfoten im kalten Schnee, was unter seinen noch warmen Ballen zu Eiswasser wurde.

In den Bergen ist dieses Wetter ein Paradies für Leute, die sich mit langen Brettern unter den Füssen zu Tal bewegen, meinte sein Herrchen immer. Als Sportkleidung tragen sie an Füßen Skischuhe, an den Beinen Skihosen, am Oberkörper Skijacken und auf dem Kopf einen Ski-Schutz, der einem Bauarbeiterhelm der Village People nachempfunden wurde. Die Brillen sind mit Sonnenschutzfolie behaftet und die Stöcke dienen in erster Linie für das Vordrängeln am Lift.

Nach so einer sportlichen Betätigung folgt dann der gemütliche Umtrunk in Form einer nachmittäglichen Apre Ski Party.

Hier treffen sich Schleicher, das sind Skifahrer, die sich ständig anderen in den Weg stellen sowie Personen, die gar kein Ski fahren, aber mit Skiern in irgendwelchen

Kneipen herum hängen. Dann sind da noch die Eltern, die ihre dreijährigen Kinder auf Brettern stellen, um sie dann den Hang herunter zu jagen und Schisser, die stundenlang den Berg herunterschauen, weil er so steil ist.

Zu guter Letzt kommen dann noch die extrem Langsamen, die nur bei schönen Wettern fahren, weil fallender Schnee zu gefährlich ist und die, die einen Privatlehrer haben, am meisten saufen und immer einen Flachmann gegen Höhenangst in der Tasche tragen.

Tommy erinnerte sich an das Gespräch mit dem Hund, dass er in Richtung Norden gehen sollte, bis Schnee kommt und dann weiter bis zu Holzhütte. Schnee ist da, also ist er auf dem richtigen Weg, nur die Holzhütte noch nicht.

»Also weiter Richtung Norden«, mauzte er sich in die Vibrissen.

Doch er blieb orientierungslos stehen, blickte zu allen Seiten und überlegte, von wo er gestern kam.

Der Wind blies ihm gestern zu sehr ins Gesicht, sodass er sich nicht so genau auf den Weg konzentrieren konnte.

Er warf einen Blick zum Himmel, sah, wie die kaum sichtbare Sonne immer wieder versuchte, durch die bläulichen bis grauen

Wolken hindurchzuscheinen, jedoch immer wieder von der verdichteten Wolkendecke verschluckt wurde.

»Herrchen hatte mal gesagt«, winselte Tommy vor sich hin, »dass, wenn die Sonne vormittags rechts steht, geradeaus Norden sei.«

Tommy stellte sich so hin, dass die verzweifelt zu scheinende Sonne zu seiner Rechten stand und da er der Meinung war, dass sein Herrchen immer recht hat, müsste also Norden geradeaus liegen. Also machte er sich auf den Weg, der vorwärts vor ihm lag.

Er muss sich beeilen, denn viel Zeit blieb ihm nicht, um in das verschneite Reich des Weihnachtsmannes zu gelangen.

Er kam an einer Bank vorbei, auf denen zwei alte Menschen saßen, warm eingemummelt, mit Mänteln, Handschuhen, Schals; sie mit Bärenfellmütze und er Kappe mit Ohrenklappen.

Seite an Seite, jedoch mit respektvollem Abstand saßen sie da und er erzählte von seiner seligen Frau:

»Und sie sagte, dass Einzige was sie sich wünschen würde, wäre Schnee zu Weihnachten. Fünfzehn Minuten später fing es an zu schneien.«

»Oh«, erstaunte des der Frau.

»Und es schneite vier Tage ohne Unterbrechung.«

»Um Gottes willen.«

»Das Haus …, es war kurz vorm Einschneien«, sprach der Mann betrübt.

»Den Wunsch hat sie wohl auch für dieses Jahr geäußert«, erwiderte die Frau und sah dabei zum Himmel.

Zwei Menschen, die eigentlich alleine sind, sich aber für einen kurzen Augenblick gefunden haben. Auch Tommys Herrchen ist alleine und seine Gedanken kreisten wiedermal um ihn. Er dachte an den geliebten Schoß, an die sanfte streichelnde Hand, an die liebevolle Stimme, an den Platz, den er in Herrchens Herzen hatte und an die Liebe, die er ihm zuteilte.

»Ohne mich ist mein Herrchen doch aufgeschmissen«, maute er vor sich hin und ging dabei weiter seinen Weg.

»Ich muss ihn doch jeden Morgen den Weg und den Schrank zeigen, wo meine göttliche Nahrung zu finden ist. Das ist eine äußerst wichtige, bedeutungsvolle und brisante Aufgabe, die gelernt sein muss. Herrchen würde doch glatt unter einer Diskothek die Inbetriebnahme eines alten Dieseltraktors verstehen oder ein

Rembrandt mit einem Weinbrand verwechseln. Er kann doch nicht mal alleine einen angebrochenen Frischkäse aus dem Kühlschrank bergen.«

Ja nun, sein Herrchen ist ja auch nicht mehr der Jüngste, ist bereits im Bums-Alter, legt sich hin und bums ist er eingeschlafen.

Nur der Weihnachtsmann kann noch helfen, eine größere Katastrophe zu verhindern. Die Suche führte Tommy geradewegs wieder in eines der vielen städtischen und dörflichen Einkaufpassagen. In der Mitte stand eine Bühne.

Tommy versteckte sich unter einen Busch, der neben einer weihnachtlichen Marktbude stand. Die Weihnachtsmusik verstummte und drei Kinder in himmlischen Kostümen traten hinter dem Vorhang der Bühne hervor.

»Wir sind die drei Weisen aus dem Morgenland«, sprach der eine Junge.

»Ich bin Balthasar und das ist Caspar und Melchior«, erwähnte ein anderer Junge und zeigte auf die beiden anderen Königskollegen.

»Wo ist der neu geborene König der Juden? Wir haben nämlich seinen Stern im Osten gesehen und sind gekommen, um ihm zu huldigen.«

»Im jüdischen Bethlehem, denn so steht es bei den Propheten geschrieben.«

Die Kinder auf der Bühne spielten beeindruckend. Da waren Könige, die nach Bethlehem zogen, Maria, Josef und eine Babypuppe, zwei Kinder die Esel und Rind spielten und dabei einfach nur so herumstanden, sowie ein Engel, der über die Bühne hüpfte und damit eine perfekte Illusion des Fliegens schuf.

»Ja, wir suchen den großen Fürsten und Retter aller Menschen.«

»Wir wissen nicht, ob wir hier richtig sind, wir sahen nur den Stern, der am Himmel besonders hell leuchtete, und folgten ihm.«

Daraufhin sprach eins der Kinder, der den Josef nachahmte:

»Ihr seid richtig. Kommt nah heran und seht hier das Gotteskind.«

»Es heißt Jesus«, sprach Maria und öffnete ein wenig die Zudecke. Daraufhin sprach Balthasar:

»Ich wusste es doch, wir werden ihn finden, wenn wir mit Gott im Herzen ziehen.«

Traurig lief Tommy weiter. Die hatten ihren Menschen gefunden, dachte er, er noch nicht. Wie weit wird es wohl noch sein, bis er den Weihnachtsmann trifft? Keine Ahnung!

Die grauen Wolken hatten inzwischen den ganzen Himmel eingenommen und ließen dicke weiße Schneeflocken zu Boden fallen. Tommy erhöhte seine Schrittgeschwindigkeit, fing an zu laufen.

»Übermorgen ist Heiligabend«, murmelte er zu sich, »und da hat der Weihnachtsmann keine Zeit mehr für mich, also muss ich mich beeilen.«

Und so marschierte Kater Tommy weiter durch das Einsame grenzenlose weiß. Es ist kalt, der Schnee setzte sich in seinem Fell fest und verklebte es. Aber das macht ihm nichts aus. Er hat nur ein Ziel, den Mann zu finden, der ihm helfen wird, sein Zuhause wiederzufinden.

Mühsam zieht er seine Spur hinter sich her, erschreckte sich jedes Mal, wenn ein Auto durch eine Pfütze fuhr und er hilflos mit ansehen muss, wie sein Fell mit Matsch bespritzt wurde.

An einem Spielplatz tobten Kinder im Schnee, fuhren Schlitten und bauten einen Schneemann. Atem stieß wie kleine Dampfwolken aus Nase und Mund und Tommy blieb stehen, um zu verschnaufen.

Er beobachtete eine Gruppe von vier Mädchen, die sich mit Schneebällen bewarfen. Tommy war im Begriff mitzuspielen, die Bälle zu fangen, doch dafür war keine Zeit. Seine Mission verläuft anders. Nur ein wenig ausruhen ist erlaubt, dann geht es weiter.

Plötzlich hörte eines der Mädchen auf, setzte sich auf die Schaukel, zog eine Flappe, einen schiefen verzerrten Mund und sprach maulend:

»Ich hab kalte Hände.«

Die anderen Mädchen hörten auf und gesellten sich zur ihr, wobei eine meinte:

»Vielleicht bringt dir der Weihnachtsmann ein Paar Handschuhe zu Weihnachten.«

»Ich brauche keine«, antwortete sie widerspenstig.

»Vielleicht bringt dir der Weihnachtsmann auch einen Sack voll mit Geld«, fing eine andere an zu spotten.

»Ach woher denn. Den Weihnachtsmann den gibt es doch gar nicht, das weist doch jedes Kind.«

»Das ist gar nicht wahr«, widersprach sie.

»Woher willst du das wissen. Hat jemand schon mal den Weihnachtsmann gesehen? Wie sieht er denn aus?«

»Ja ich«, erwähnte eines der Mädchen diskreditierend. »Wir alle haben ihn schon gesehen. Er stand gestern noch in der Einkaufpassage, hatte eine Glocke in der Hand und schrie immer Ho-Ho-Ho durch die Gegend.«

»Ich meine den richtigen Weihnachtsmann, der, der die Geschenke bringt.«

»Das machen doch eure Eltern.«

»Sie hat recht«, bestätigte ein anderes Mädchen.

»Nein«, wurde nachdrücklich dementiert. »Sie hat nicht recht. Ein Weihnachtsmann gibt es tatsächlich und natürlich hat ihn niemand gesehen.«

»Wie könnt ihr an was glauben, was man gar nicht sehen kann«, wurde schlagartig misstrauisch eingeworfen.

»Ihr glaubt doch auch an Gott, … obwohl ihr ihn noch nie gesehen habt.«

Plötzlich wurde es ruhig, alle dachten nach, was gerade gesagt wurde.

Skepsis machte sich breit, ob der scheinbar wohlernährte Weihnachtsmann mit seinem weißen Rauschebart und den roten Mantel mit weißem Pelzbesatz noch zu den beliebtesten Wesen der Weihnachtsfestlichkeit gehört oder ob es alles nur eine Farce ist.

Alles nur eine Unwahrheit? Wie ist denn das Gebot: "Du sollst nicht Lügen" zu verstehen. Darf man Kinder anlügen, wenn man sie dadurch glücklich macht?

Tommy ging weiter und am Ende des Spielplatzes trifft er auf eine weitere kindliche Debatte gelassener, lässiger und nonchalanter Jungs im unterschiedlichen Alter.

»Es ist ein Geheimnis zwischen mir und dem Weihnachtsmann«, sagte ein verhältnismäßig knabenhafter Junge.

»Du glaubst doch wohl nicht wirklich an den Weihnachtsmann? ... Oder etwa doch«, erkundigte sich ein etwas Älterer, kaum Mine verziehender cooler Junge, der sich als Boss in dieser Kindergang aufspielte.

»Mann der war schon mal bei uns auf dem Dach. Ich musste meine Augen ganz fest schließen, sonst wäre er abgehauen, ohne mir was zu bringen.«

»Ach Blödsinn. Glaubst du wirklich, dass ein fetter Kerl und ein paar mutierte Rentiere in einer Nacht zu allen Kindern der Welt kommen?«

»Der   fährt   mit Überschallgeschwindigkeit.«

»Dann erklär mir doch mal, wo die ganzen Weihnachtsmänner herkommen, die mit ihren Glöckchen die Stadt nerven.«

»Das sind Weihnachtsmannhelfer. Du kannst den Weihnachtsmann erkennen an seinen Bart, der ist nicht richtig weiß. Er ist …, naja … so gelblich und seine Augen, die funkeln wie Diamanten.«

»Ja funkel, funkel«, erwähnte der ältere verächtlich.

Tommy war verwirrt. Gibt es den Weihnachtsmann nun wirklich oder ist es nur eine Geschichte die Stimmung erzeugen und die Fantasie anregen soll. Kinder lieben doch Geschichten, und ob sie nun gespielt oder echt sind, ist in der Fantasie doch egal.

Aber wenn es den Weihnachtsmann nicht geben würde, wie würde er sein Herrchen wiederfinden. Nein, Tommy war fest im Glauben, es würde ihn geben und das er dafür sorgen wird, dass sich auch Tommy bald wieder in die Reihen glücklicher Lebewesen einordnen kann.

6. Geben ist ein Gefühl der Freude und Dankbarkeit

Es wurde langsam Nachmittag. Viele Geschäfte wurden vorzeitig geschlossen und zwei Wachleute machten sich auf, zu ihrer letzten Runde. Ein kurzes Prüfen der Verriegelung und die Geschäfte wurden in die Obhut der Überwachungskameras und der Alarmanlagen gegeben. Einer der beiden blieb stehen, zeigte mit dem Finger zur anderen Seite und sprach:

»Mein Freund, der war der Weihnachtsmann im Kaufhaus da drüben und am sechsten Dezember hatte ich ihn vertreten und den Nikolaus dort gemacht. War schon cool. Man hatte nicht nur tränenreiche Begegnungen mit den Kindern, nein man bekam öfters auch mal Fußtritte gegen das Schienbein und nasse Hinterlassenschaften auf dem Schoß.«

»Weißt du eigentlich, dass der Nikolaus Türke war.«

»Was? Das erzählst du doch nur so.«

»Nein! Der sechste Dezember ist der Gedenktag an den Priester und späteren Bischof Nikolaus von Myra. Nachdem er das Vermögen seiner Eltern geerbt hatte, verteilte er es an die Armen. Er warf jungen Frauen heimlich Geld durchs Fenster oder durch den Kamin in die darin aufgehängten

Socken und sorgte so für eine ausreichende Mitgift. Damit verhinderte er, dass der Vater seine Töchter zur Prostitution hergeben musste. Seitdem gilt Nikolaus als der Geber guter Gaben und Freund der Kinder.«

»Und was hat das mit der Türkei zu tun.«

»Nun Myra, heute Demre, liegt in der kleinasiatischen Region Lykien, an der Mittelmeerküste. Damals war es Teil des römischen, später des Byzantinischen Reiches. Heute gehört es zur Türkei und liegt in der Provinz Antalya.«

»Wow, was hast du für ein üppig möbliertes Oberstübchen.«

»Tja Scientia potentia est, Wissen ist Macht.«

»Aber wenn ich so an Antalya denke, dann könnte ich jetzt in Urlaub fahren. Sonne, Meer, Strand, Großstadttrubel, Erholung, Schoppen, einfach mal dem Konsumterror entfliehen.«

»Viele Menschen fahren über die Feiertage in den Urlaub, manche sogar der Einsamkeit wegen. Unter Gleichgesinnten zu sein, ist weniger bedrückend, als alleine an diesen Tagen daheimzusitzen.«

»Ja das stimmt. Mein Freund, der Nikolaus von da drüben, war letztes Jahr auch dem Weihnachtsfest entflohen und ist in die Dominikanische Republik gereist. Dort hat er dann festgestellt, dass die Hotels gerade an diesen Feiertagen mehr aufrüsten als sonst, um den Gästen unbedingt Weihnachtsstimmung aufzubürden. Da wurden bei einigen Hotels die Edeltannen eingeflogen, bei den anderen wurden die Palmen mit einer Festbeleuchtung geschmückt. Die Angestellten liefen alle mit einer Weihnachtsmannmütze herum, zum Abend gab es ein üppiges Galadinner und nach dem Essen kam sogar der Weihnachtsmann.«

»Ist schon irgendwie verrückt. Da fällt man vom Regen in die Traufe.«

»Naja, was soll es. Ich muss los. Wünsche dir frohe Weihnachten.«

»Ja dir auch frohe Weihnachten.«

Die Männer verschwanden und auch Tommy entfernte sich dem Stadtkern. Immer weniger Menschen waren zu sehen und bald war es wie ausgestorben. Nur die Fenster erleuchteten hell und man sah drinnen schon die ersten bunt geschmückten, liebevoll hergerichteten Tannenbäume.

Eisige Kälte durchzog sich seinem Fell, als er sich dem Stadtrand näherte. Eine verruchte Gegend, mit leer stehenden Wohnblöcken, brüchigen Häuserfassaden, baufälligen Straßen und überall mit Graffiti beschmierte Wände. Ein Gebiet, wo man sofort bemerkt, dass hier nicht die obersten Zehntausend wohnen, die bereits mit siebzehn ihre Rente vererbt bekamen.

Stampfend schritt er durch den Schnee und dachte dabei immer zu an sein Herrchen.

»Alle sagen, Weihnachten ist das Fest des Schenkens«, sprach Tommy zu sich. »Aber ich habe nichts, was ich meinem Herrchen schenken könnte, nichts was ich ihm unter den Tannenbaum legen könnte. Das ist aber nicht so schlimm. Viel wichtiger ist, dass wir eine schöne Zeit verbringen und es uns eine Freude macht, wenn wir beisammen sind.«

Tommy musste sich beeilen den Weihnachtsmann zu finden, denn nur er kann ihm helfen, ihn mit seinem Herrchen wieder zusammenzuführen.

Plötzlich blieb er stehen und schaute auf ein Paar Schuhe, die vom Schneematch bedeckt waren. Es erstarrte ihm. Langsam erhob er seinen Kopf, fuhr mit seinem Blick an einer schmuddeligen Jeans und einem dicken, warmen Parka mit großer Kapuze empor. Er sah einen Mann, dessen Gesicht durch einen Bart verdeckt wurde, der so lang war, dass man den Halsbereich nicht mehr sah.

»Na kleine Katze«, sagte er. »Was machst du denn bei dem Wetter so ganz alleine auf der Straße. Hast du kein Zuhause?«

Er bückte sich und fing an, den Kater zu streicheln.

»Du hast ja ein ganz nasses Fell«, stellte er fest, nahm seinen Schal vom Hals und fing an, Tommy Rücken damit abzureiben.

Tommy schaute sich die zwielichtige Gestalt genauestens an, überlegte, ob er wohl der Weihnachtsmann sei. Er hatte zwar einen dicken Bart, der aber weder weiß noch gelblich war. Er war eher dunkelgrau mit Schwarz und auch seine Arbeitskleidung war ein wenig außergewöhnlich. Sie wies überall Abschürfungen auf. Das zaghafte Lächeln dieses Mannes wirkte fast wie eine Abschirmung. Dabei schwollen seine Wangen an und bildeten neben den Nasenflügeln tiefe Furchen. Sieht so der Weihnachtsmann aus?

Tommy fing laut an, fragend zu miauen:

»Bist du der Weihnachtsmann?«

Tommy bekam keine Antwort. Um seine Frage mehr Ausdruck zu verleihen, miaute er noch etwas lauter und hob dabei seine Pfote:

»Es ist was ganz Schlimmes passiert. Ich muss unbedingt mit dem Weihnachtsmann reden.«

»Reg dich nicht so auf«, sprach der Mann. »Ich zeig dir ein Plätzchen, wo du dich trocknen und aufwärmen kannst.«

»Der Weihnachtsmann soll mich zu meinem Herrchen bringen«, jammerte Tommy weiter und benahm sich fast wie ein Kleinkind im Supermarkt, das sich auf den Boden wirft und zu plärren anfängt, weil es den ersehnten Lolli nicht bekam.

»Folge mir, komm mit«, bestimmte der Mann und ohne zu wissen, was auf ihn zukam, trottete Tommy langsam hinter den Mann her.

»Vielleicht ist er ja doch der Weihnachtsmann oder ein Helfer von ihm, der mir behilflich sein kann, mein Zuhause wieder zu finden«, schnurrte er miauend.

In einer Nebenstraße hinter einem Stadtmüllcontainer standen drei Männer vor einer Feuerschale. Drei Männer, die nicht gerade gepflegt aussahen. Es sind Gestrauchelte, die ihren Lebensunterhalt durch konventionelle Quellen bestreiten, wie das Sammeln von Pfandflaschen. Sie sind arm, illusionslos, enttäuscht, schwach, hilflos, unglücklich, besitzlos und ungepflegt und doch sind sie wiederum sauber, gutmütig, frei, freundlich, optimistisch und gebildet.

Aus der Feuerschale stiegen Flammenzungen auf, die sich tänzelnd bewegten. Sie strahlten eine warme Atmosphäre aus und das Knistern des Feuers verwandelte dieses Schmuddelwetter in eine geradezu romantische Kulisse mit einem Hauch von Lagerfeuerflair.

»Ey, was bringst du denn da für ein süßes Wesen mit«, sprach einer der drei Männer.

»Oh, was für eine niedliche Katze«, sprach ein anderer, kniete sich nieder, fing an den Kater zu streicheln und sprach weiter:

»Ich bin der Karl, das ist Michael und das ist Balduin und der Mann der dich hergebracht hatte heißt José, aber wir nennen ihn der einfachheitshalber Beppo.«

Daraufhin bückten sie sich alle und abwechselnd fuhren sie mit ihren warmen Händen durch das feuchte, doch seidige dichte Fell. Tommy schien alles zu vergessen, genoss die Berührungen, die er schon seit langem vermisste. Schnurrend bedanke er sich zufrieden für das, was er bekam.

»Du hast bestimmt Hunger«, sprach plötzlich der Mann, der sich Karl nannte, griff in seine Manteltasche und holte eine in

Butterbrotpapier eingewickelte Bockwurst heraus.

Ja Tommy hatte Hunger, großen Hunger sogar, denn er hatte bisher den ganzen Tag nichts gegessen. Hastig schlang er Stück für Stück die Wurst herunter, die ihm häppchenweise verabreicht wurde und auch von dem anderen bekam er ein bisschen von einem kalten Hühnerbein.

»Warte mal«, entsann sich der Dritte, der mit Michael angeredet wurde. »Ich hab da letzten von Café Meyer ein paar Portionsschalen Kaffeesahne stibitzt. Man weiß ja nie, ob man sie gebrauchen kann.«

»Hä, hä, hä«, belächelte Balduin die Äußerung. »Meinst du, George Clooney kommt vorbei und bringt dir eine Nespresso-Maschine?«

»Och, ich hätte nichts dagegen, wenn er die nötige Energie für den täglichen Bedarf gleich mitliefert«, murmelte Michael. »Aber der lässt sich ja die Tassen immer wieder von jungen Mädels klauen.«

Dabei wühlte er in einen seiner Plastiktaschen herum und wurde nach einer Weile fündig: »Ah da sind sie ja.«

Er holte fünf Kaffeesahne-Portionskapseln heraus, öffnete sie alle, goss den Inhalt in eine Schale und stellte sie Tommy nahebei. Nur Sekunden dauerte es und Tommy hatte die Schale so sauber ausgeleckt, dass man sie hätte, ungewaschen wieder in einen Schrank stellen können.

Ausgiebig fing er an sich zu putzen, als wenn er mehr Lebensmittelreste auf dem Fell verteilt hätte, als im Mund.

»Na hat es dir geschmeckt«, sprach Beppo.

Doch Tommy war zu sehr beschäftigt, sein Fell zu reinigen und es zu trocken. Er befand sich hier bei Obdachlosen, bei von Almosen lebenden Menschen, die ihr letztes Stück Brot mit ihm teilten, damit er nicht verhungert. Sie haben nicht viel, aber sie gaben ihr Letztes und hinterließen so ein schönes Gefühl, ein Gefühl der Freude und Dankbarkeit.

Der Kalifornier Josh Paler Lin, bekannt durch seine außergewöhnlichen Videos mit versteckter Kamera, hatte mal einem mittellosen Mann auf der Straße hundert Dollar gegeben. Er folgte diesen Mann und filmte ihn heimlich, um zu sehen, was er mit dem Geld machen würde.

Der Mann ging in den nächsten Spirituosenladen und kam mit einer großen Tüte wieder raus. Schnaps gegen Kälte hatte Josh Paler Lin sich gedacht und war der Meinung einen Obdachlosen somit entlarvt, zu haben. Doch denkste! Die Tüte war bis obenhin mit Lebensmitteln vollgepackt und der Mann ging zu den anderen Obdachlosen und verteilte dort die Lebensmittel.

In einem Gespräch mit dem Obdachlosen verriet dieser dann, dass er seinen Job aufgegeben hatte, um sich seinen kranken Eltern zu widmen. Als beide innerhalb kurzer Zeit verstarben, konnte er die Wohnung nicht mehr bezahlen und landete so auf der Straße.

Und wieder bestätigte sich, dass Leute die nicht viel haben gerne teilen, im Gegensatz zu Reichen, die nie genug bekommen können.

Tommy war immer noch am Putzen und wo die Zunge nicht ankam, nahm er die Pfote zur Hilfe, befeuchtete sie mit Speichel und strich über Kopf, Hals und anderen schlecht erreichbaren Körperteilen. Ein Akt, der meistens länger dauert, als das morgendliche Duschen, Zähneputzen und Rasieren eines ausgewachsenen Mannes, einschließlich des Toilettenganges und des Ankleidens.

Dann schaute er zur Schale zu dem knackenden Holz und den züngelnden Flammen, die Wärme und Entspannung für Körper und Seele versprachen. Ganz dicht legte er sich nieder, schaute in das heiße helle Sterben und hing seinen Gedanken nach.

Herrchen war alleine Zuhause. Ob er auch an ihn denkt, an die gemeinsamen Zeiten, an die Streiche, die sie zusammen erlebten? Ob er ihn auch vermisst …? Oder schnarcht er jetzt auf dem Sofa und hat vorher die Küche voll gekrümelt. Seit dem Tod seiner Frau vor über drei Jahren, fühlt er sich immer noch der Einsamkeit ausgeliefert.

Im Supermarkt kauft er nur noch Single-Packungen ein, benutzt nur noch ein Messer, eine Tasse und ein Brettchen, was immer gleich wieder abgespült wird. Der Kühlschrank, einst gefüllt mit vielen Leckereien, kennt heute nur noch Margarine, Marmelade und ein bis zwei Flaschen Bier.

Nur für den Kater, da wird üppig eingekauft.

Gewaschene Wäsche wird so wieder angezogen, wie sie aus der Waschmaschine oder aus dem Trockner kommt. Nur keine Umstände machen, meinte er immer. Bücher hat er sich angeschafft, weil sie geduldig sind und keine Fragen stellen.

»Ich muss unbedingt zu Herrchen«, murrte sich Tommy. »Ich bin seine einzige Schulter zum Anlehnen, der einzige der ihm sein Rücken stärkt und der ihm Zuspruch in dunklen Momenten gibt, wenn ihm Ängste und Sorgen quälen. Ein wenig werde ich mich noch ausruhen, etwas aufwärmen und ein bisschen schlafen, dann will ich meine Suche fortsetzen.«

Die roten Flammenzungen, die kleinen blauen Flackerflämmchen und der goldene Flammenmantel schwebten wie erschrockene Geister hin und her. Beständig züngelten sie sich aus dem Gehölz heraus und erwärmte alle.

Die Ruhe wurde plötzlich von Karl unterbrochen, der wissen wollte, wie es dazu kam das Beppo obdachlos wurde und so fing Beppo an, seinen Entwicklungsgang zu erzählen:

»Es begann alles kurz nach der Hochzeit. Die Mutter meiner Frau zog in die Einliegerwohnung, da ihr Mann kurz vorher verstorben war. Etwas skeptisch willigte ich ein.

In den ersten Wochen war meine Schwiegermutter sehr freundlich, aufgeschlossen, nicht hinderlich und manchmal auch hilfsbereit. Sie führte ihr eigenes Leben, hatte eine separate Wohnung und ließ uns in Ruhe.

Doch dann kam die Zeit, als ich sie immer öfters in meiner Wohnung antraf. Meistens saß sie in der Küche, und wenn ich aß, sah sie mir zu, sodass mir jeder Bissen im Halse stecken blieb. Dabei nervte sie immer wieder mit den gleichen Fragen, wie lange ich den miesen Job als Versicherungsvertreter noch machen wollte.

Ich müsste doch wissen, dass Ihre Tochter sehr anspruchsvoll sei und dass sich ihre Tochter mit so einem bescheidenen Leben nicht zufriedengibt. Ich müsste ihr einfach mehr bieten, sonst würde sie davon laufen.

Außerdem sollte ich etwas für mein Äußeres tun. Die meisten Männer in meinem Alter würden bedeutend attraktiver aussehen und meine Wampe wäre ja widerlich.«

»Wow«, bemerkte Michael, »da merkt man sofort, dass deine Schwiegermutter aus gutem Hause kam.«

»Hä, hä«, feixte Karl. »Ein Verkehrs-Egoist. Erst kommt sie, dann die anderen. Das kenn ich.«

»Natürlich gibt es Menschen, die mehr Geld zur Verfügung hatten, als man zum nackten Überleben brauchte«, fuhr Beppo weiter fort. »Aber für den Normalbürger ist es beinahe unmöglich reich zu werden, da alles, was man besitzt, vom Staat aufgesaugt wird, um es danach an die Politiker zu verteilen.

Tage später wurde ich von meiner Schwiegermutter während eines Abendessens mit Freunden beiseite genommen. Sie drückte mir eine Packung Viagra in die Hand, worauf sie noch zu verstehen gab: "Hier, mach was draus, meine Tochter hat Notstand, und wenn du Schlappschwanz ihn nicht mehr hochkriegst, dann nimm wenigstens Tabletten gegen deine Erektionsstörungen."«

»Oh-la-la«, lachte Balduin. »Was für ein Armutszeugnis.«

»Mensch unterbrich ihn doch nicht immer«, mokierte sich Karl. »Lass ihn doch mal ausreden.«

»Naja, das war dann der Moment, wo ich Angst bekam und dachte, irgendwas läuft hier schief. Meine Frau wurde zunehmend unnahbar und verweigerte sich immer öfters. Eines Tages, als ich nach Hause kam, passte der Schlüssel nicht mehr. So klopfte ich an der Tür. Erst etwas zaghafter, dann es kräftiger zum Schluss mit der Faust.

Dabei rief ich immer wieder meine Frau, worauf meine Schwiegermutter durchs Küchenfenster schaute und mir mitteilte, dass ich künftig in der Einliegerwohnung wohnen würde. Der Schlüssel befinde sich unter der Fußmatte und sonntags von zwölf bis dreizehn dreißig könnte ich unseren Sohn sehen. Ansonsten brauche ich mich nicht mehr blicken zu lassen und von der Tochter sollte ich mich besser ganz und gar fernhalten.«

»Wow, was ist denn das für ein Drache«, fragte Michael.

»Es kommt noch schlimmer. Ich rief meine Kumpel an, doch der legte einfach auf, nachdem er mich als Drecksschwein bezeichnet hatte. Am nächsten Tag rief ich meinen Chef auf dem Handy an, ihn um ein paar Tage Urlaub zu bitten. Doch der teilte mir mit, dass ich fristlos entlassen sei. Mit Pädophilen kann und will das Versicherungsunternehmen nichts zu tun haben. Doch ein Unglück kommt selten allein.

Zwei Tage später erhielt ich eine Vorladung zum persönlichen Erscheinen auf der Polizeiwache. Dort erzählte man mir, dass eine Anzeige wegen Kindesmisshandlung vorliege und ich mich dazu äußern sollte.

Als ich nach dem Termin nach Hause kam, wartete meine Schwiegermutter bereits auf mich, um mir mitzuteilen, dass sich ihre Tochter von mir scheiden lassen wird. Sie gab mir die Scheidungspapiere und meinte, es wäre besser, wenn ich mich so schnell wie möglich aus dem Staub machen würde.

Ich blieb, hatte nichts zu essen und auch kein Geld. Eines Tages klingelte es an der Tür. Ich dachte an den Postboten, der immer nur Mahnungen brachte und dabei noch so unverschämt lächelte. Nein es war der Gerichtsvollzieher, der sich so langsam jeden Gegenstand aus meiner Wohnung auslieh.

Plötzlich fühlte ich mich wie ein gebrochener Mann, ohne Job, ohne Familie, ohne Freunde, ohne Perspektive. Ich fing an über mein Leben nachzudenken, machte mir Sorgen über die Zukunft und dann kam mir die entscheidende Idee. Ich nahm meinen Gürtel und wollte mich erhängen, doch der Gürtel riss und ich hatte mir eine Kehlkopfverletzung zugezogen, die allerdings schnell verheilte. Dann wollte ich aus dem Fenster springen, doch ich wohnte im Erdgeschoss.«

Es wurde auf einmal still. Beppo atmete tief durch und lies die Vergangenheit vor seinen Augen nochmals Revue passieren. Karl bemerkte die bittere Vergangenheit, die immer noch an Beppo nagte. Doch nach kurzer Zeit fragte er neugierig aber äußerst vorsichtig:

»Und …, und was hast du dann gemacht?«

»Nun es war eines schönen Sommertages, der Himmel war blau und die

Sonne schien in ihrer ganzen Pracht. Ich ging im Park spazieren und genoss den herrlichen Duft der Freiheit, die Abwesenheit von äußeren Zwängen, fern von guten und bösen Handlungen, von moralischen Verdiensten, von Schuld und Verantwortung.

Hier lässt es sich leben, hatte ich damals zu mir gesagt. Was brauche ich schon: eine Bank zum Schlafen, eine Vogeltränke zum Erfrischen, ein Kaugummi zum Zähneputzen und eine alte Zeitung als Literatur.«

»Und was ist aus deiner Familie geworden«, wollte Balduin wissen.

»Meine Kinder darf ich nicht mehr sehen, meine Frau hat einen Neuen und meine Ex-Schwiegermutter ist wieder voll in ihrem Element, die Krallen an der neuen Marionette auszufahren.«

Was gibt es doch für arme Schicksale, dachte noch Tommy, als langsam seine bewusste Wahrnehmung verschwand und er einschlief.

7. Menschen glauben gerne das, was sie wollen

Auf einmal wurde Tommy wach. Das Feuer in der Schale neigte sich dem Ende entgegen, nur noch kleine Glühwürmchen bewegten sich in der fast lichtlosen Glut und ließen die Umwelt langsam abkühlen.

Gähnend riss Tommy sein Maul auf, dass man fast seine Eingeweide sehen konnte. Dann bäumte er sich auf, machte einen Buckel, der ihn gleich wesentlich größer erschienen ließ und ihn beträchtlich beeindruckender machte. Folglich fing er mit der Morgentoilette an, mit dem Sich-zurecht-machen.

Da Katzen sehr reinlich sind, geht der Begriff Katzenwäsche ziemlich weit an der Wahrheit vorbei. Wenn sie nicht gerade mit dem Schlafen, Spielen, Fressen oder Mäuse jagen beschäftigt sind, befassen sie sich mit dem Putzen.

So auch Tommy, denn die morgendliche Hygiene ist wichtig um einen gepflegten Eindruck zu hinterlassen. Duschgel, Shampoo, Deodorant, Zahnbürste, Zahnpasta, Zahnzwischenraumbürste, Zahnseide, Mundwasser, Rasierapparat, Rasierschaum, Aftershave, Nagelknipser, Nagelreiniger, Nagelfeile, das alles braucht Tommy nicht.

Seine Zunge ist nicht nur dafür geschaffen den Geschmack, die Temperatur und die Beschaffenheit des Futters zu prüfen, sondern auch einzigartig für die Körperpflege einsetzbar. Die Oberfläche ist mit einer dornartigen Struktur versehen, die zum einen das Fleisch von einem Knochen abschaben kann und zum anderen bei der Fellpflege, wie eine Bürste dient.

Auch ohne Make-up, Abdeckstift, Puder, Mascara, Lidschatten, Kajalstift, Wimpernzange, Lipgloss, Nail-Polish Remover, Rillenfüller, Nagellack, Überlack und auch ohne Wedeln mit den Händen, erfüllt Kater Tommy den ästhetischen Standard der allgemeinen Katzenwelt und bewahrt sich so sein eigenes Schönheitsideal.

Ein Blick noch zu den drei Männern und zu Beppo, die alle eingemummelt in ihren Schlafsäcken im Eingang des unbesetzten Hauses schliefen. Dann wurde es Zeit, dass er seine Mission weiterführt. Noch schneite es nicht und so machte er sich auf den Weg.

Tommy zog durch die mit matschigem Schnee verwinkelten Seitenstraßen der Vorstadt, vorbei an den spärlich geschmückten Häuserbanden, an schmucklose Bäume und Gassen, die schwach von Straßenlaternen erhellt wurden.

Plötzlich befand er sich in einer ländlichen Gegend, in einer von Schnee gezuckerten Landschaft, die ansehnlicher wirkte, als der Schneematsch in der Stadt.

Wunderbar klarer Sternenhimmel präsentierte sich und auch der Mond zeigte sich in seiner vollen Schönheit. Eine Sternschnuppe vom Mond bestrahlt findet ihren Weg durch das Firmament. Es ist ein Meteorit, der verglühte und nun durch die Luftreibung als Staubregen sichtbar wird.

Der Volksmund sagt, man dürfe sich was wünschen, wenn eine Sternschnuppe über den Himmel huscht. Tommy hatte nur einen einzigen Wunsch, den Weihnachtsmann so schnell wie möglich zu finden.

Links und rechts des Weges, Schnee. Eine weiße Blütenpracht, die von Kindern und Erwachsenen geliebt wird. In der Mitte ein grau-schwarz asphaltierter Weg, leicht bedeckt mit einem Gemisch aus Wasser und dreckigem Schnee.

Damit die flüssigen Fragmente nicht so rasch in einen festen Zustand wechseln, also sich nicht zu schnell in einen erstarrten Eisfilm verwandeln, wird Salz gestreut. Grund ist unter anderem auch, dass die Motorik von Autos nicht total durcheinandergebracht wird und die Menschen dann mit Schlittschuhen zu Arbeit fahren müssten.

Infolge von Glatteis könnten nämlich enorme Sach- und Körperschäden entstehen, die eine Prise Salz verhindern kann.

Obwohl der Winter eigentlich eine trostlose Landschaft darstellt, wo das Grün der Bäume verschwunden ist und farbenfrohe Blumen weit und breit nicht zu sehen sind, präsentiert er sich doch von seiner schönsten Seite, äußerst facetten- und variantenreich.

Winterliche Farben wie Weiß, Blau und Silber setzten sich in Szene und werden durch Farbakzente wie Lila traditionell und besonders hervorgehoben.

Der Himmel bedeckte sich. Ein paar Flocken fielen vom Himmel und ließen die frischen Spuren verschwinden. Mit einem zarten Hauch bedeckten die federleichten Schneeflocken weiterhin die Natur, die sich in ihrem jährlichen Ruhestadium befanden und warten, bis der Winter vorbei ist, damit der Frühling wieder ganz neu erwachen und aufleben kann.

Tommys Weg führte bergauf in ein Waldstück. Beidseitig türmten sich schneebedeckte Bäume auf, schlossen sich an den Kronen zusammen und bilden so eine Gasse. Langsam stolzierte Tommy durch den Schnee, der kühlend an seinen Bauch strich und ihn ein wenig erkalten ließ.

Plötzlich rutschte von einem Ast eine dicke Schneeladung herunter und landete direkt auf dem Kopf von Tommy. Erschrocken schüttelte er sich und rannte los, als wenn er der Prinz sei, der mit Aschenbrödel im weißen Kleid über verschneite Felder galoppieren würde. Oder war es eher Bugs Bunny, der im geschickten zick zack und mit unvorhersehbaren Haken versuchte, seine Verfolger abzuschütteln. Egal.

Unter einem Busch kam er zum Stehen und schüttelte sich die Feuchtigkeit vom Fell. Immer kälter zog der Wind durch die Winterluft und kalte Schneeflocken peitschten Tommy ins Gesicht. Mit blinzelnden Augen betrachtete er die weiße Landschaft.

Unterhalb dieses Höhenzuges in einiger Entfernung erblickte er eine Landstraße, wo ein paar Lichter die Winternacht erhellten. Im Schein der Straßenlaternen flogen die Schneeflocken wie der wunderbare Glanz von Tausenden Leuchtkäfern, die ein Leuchtkonzert ausstrahlten.

Dann hörte er Geräusche, raschelnde Geräusche, knirschende Geräusche, zischende Geräusche und schmatzende Geräusche. Er blickte durch das Dickicht und sah ein Stirnwaffenträger, ein majestätisches Tier mit einem mächtig verzweigten Geweih. Er hatte ein lang gestrecktes Gesicht, große aufgerichtete Ohren, lange Halsmähne und schlanke lange Beine. Seine brummenden und grunzenden Geräusche klangen irgendwie bedrohlich, schüchterten aber Tommy in keiner Weise ein.

Tommy trat dem Hirsch entgegen, der daraufhin seinen Kopf senkte, um ihn mit seinem mächtigen Schaufelgeweih zu attackieren.

Wie ein Radlader mit abgesenkter Schaufel stand der Hirsch vor Tommy, war bereits den Kater sofort auf die Hörner zu nehmen und durch die Luft zu wirbeln.

»Ich tu dir nichts«, sagte Tommy, worauf der Hirsch mit röhrendem Ruf seinen Kopf wieder erhob.

Vorsichtig fragte Tommy:

»Bist du Rudolph?«

»Nein Günther«, erwiderte der Hirsch.

»Günther das Rentier?«

»Nein Günther der Hirsch!«

»Dann kennst du den Weihnachtsmann gar nicht.«

Der Hirsch überlegte kurz und sprach dann:

»Doch schon.«

»Doch schon?«

»Ja, aber er ist nur in den Herzen der Menschen zu finden.«

»Aber ich muss ihn unbedingt sprechen. Man sagte mir, ich muss immer geradeaus gehen, bis Schnee kommt und dann immer weiter, bis ich eine Holzhütte sehe, durch deren Fenster ein sanftes Licht scheint und ein leichter Rauch aus dem Schornstein ringelt. Da wohnt dann der Weihnachtsmann.«

»Soso«, grunzte der Hirsch.

»Ja Schnee hab ich gefunden«, erzählte Tommy traurig weiter, »ganz viel sogar nur die Hütte noch nicht. Kannst du mir helfen?«

»Hm, nun ja. Es gibt da oben auf dem Berg eine Lichtung, auf der eine Hütte steht indem ein Mann einsam und alleine, von der Welt abgeschlossen, lebt. Er führt einen naturverbundenen Lebensstil, lässt nur die Waldtiere an sich heran, die er regelmäßig mit frischen kräuterreichem Heu und saftigen Rüben füttert. Öfters, wenn ich in der Nähe bin, gehe ich auch mal zu ihm hin. Es ist einfach lecker, was er da so präsentierte.«

Der Hirsch sprach von den getrockneten Gräsern und Wiesenkräutern und der

Futterrübenbeilage wie von einer kulinarischen Kreation eines Spezialitätenrestaurants. Tommy weist, dass jede kulinarische Kreation immer ein neues Ereignis ist, das sich niemals wiederholt.

Es ist genauso, als wenn sein Herrchen das Katzenfutter immer mal wieder von einem anderen Hersteller erwirbt, denn jeder Hersteller ist anders und hat seine ganz eigene Ausdrucksform, die er letztendlich im Geschmack umsetzt.

Goethe sagte schon: "Kein Genuss ist vorübergehend, denn der Eindruck, den er hinterlässt, ist bleibend."

Irgendwann war der Hirsch mit seiner sanften Massage des lukullischen Gehirns fertig und fragte:

»Sag mal, bist du hier ganz alleine unterwegs? Hast du keine Familie?«

»Doch schon, aber ich bin ausversehen in ein fremdes Auto gesprungen und der ist dann weggefahren. Nun soll mir der Weihnachtsmann helfen, mein Herrchen wiederzufinden. Der besucht doch fast alle Menschen einmal im Jahr, somit kennt er doch jeden und hat auch deren Adressen.«

»A-h-a, daher weht der Wind. Jetzt versteh ich auch deine Fragerei.«

»Ja und du, was machst du hier ganz

allein? Hast du keine Familie?«

»Nun ja …, meine Familie. Sie wollte nicht, dass ich Schauspieler werde. Dabei gibt es doch nichts Schöneres, als einmal auf den Brettern zu stehen, die die Welt bedeuten. Oder in Filmen mitzuwirken wie bei: Corrie und der Rennhirsch oder wie: Im Reitstall ist der Hirsch los oder einmal die Hauptrolle im Hirschflüsterer zu spielen.«

Man bemerkte sofort, wie er in seinem ausgeprägten Hang zur Selbstdarstellung, geradezu für den Beruf des Schauspielers geboren war und wie er in jede ihm anvertraute Rolle aufgehen würde.

»Ich war damals jung und wollte was erleben«, fuhr er weiter fort. »Also bin ich von Zuhause abgehauen. Das ist aber schon Jahre her … ich weiß darum auch, wie es ist, wenn man alleine ist. Versuch dein Glück mal da oben auf der Lichtung und denk daran: Schau im Leben niemals zurück, sondern immer vorwärts.«

Mit diesen Worten machte Tommy sich wieder auf den Weg durch die verschneite Landschaft, hörte noch das Gießkannenstimmchen des Hirsches, der noch versuchte eins von den Cesar Zitaten würdevoll hervorzubringen:

»Libenter homines id, quod volunt, credunt. Die Menschen glauben gerne das, was sie wollen.«

Es wurde immer winterlicher und die Schneeflocken fielen dicht und gemächlich durch das weiche Licht des Mondes, das sich immer wieder durch die Wolken drängte. Die Bäume waren voll geschneit und die Äste trugen eine schwere Last. Tief wurden sie vom Schnee herabgedrückt und immer wieder brach eins der Zweige ab.

Tommy dachte wiedermal an sein Zuhause. Er spürte, dass er sich nach der Hand seines Herrchens sehnte, nach den liebevollen Streicheleinheiten und den Gesprächen, die sein Herrchen mit ihm führte.

Wieder schüttelte er sich den Schnee vom Fell und ging einen Schritt schneller.

Es ist schon was Meditatives, weiter und weiter in die unbekannte Natur vorzudringen, immer weiter zu laufen, hinter den nächsten Hügel zu schauen, das nächste Schneefeld zu durchqueren.

Derartiges Gehen versetzt jeden in einen sogenannten Tunnelblick, in eine konzentrische Einengung des Gesichtsfeldes.

Trotz der Anstrengung faszinierte es Tommy, dieses Weiß der weihnachtlichen Szenerie. Die Sonne glitzert auf die mit reif überzogenen Birkenäste, Tannenzweige versteckten sich unter einer Haube von

Eiskristallen. Es ist wie in einem Märchenwald.

Irgendwie fühlte er sich beobachtet, als wenn er fixiert und observiert wurde. Schlagartig drehte er sich um und sah auf einem Ast ein Geschöpf. Ein weiblicher Vogel mit großem herzförmigem Gesicht, großen Augen, einem stark gekrümmten Schnabel und aufrecht stehenden Federohren.

»Hi«, rief Tommy, doch er bekam keine Antwort.

»Ist dies der Weg zum Weihnachtsmann«, maute Tommy, doch die scharfsinnige Jägerin reagierte immer noch nicht. Scheint wohl eine ausländische Eule zu sein, die hier auf der Suche nach deutschen Mäusen ist. So versuchte er, seine Frage noch mal in einem gebrochenen Deutsch zu formulieren.

»Du mich verstehen? Ich suchen Weg nach Weihnachtsmann, nach Santa Claus, X-man, Wohnung, Haus, Home, du verstehen? … Nix verstehen?«

Desinteressiert drehte die Eule ihren Kopf um hundertachtzig Grad und wandte sich der entgegengesetzten Richtung zu.

»Blöde Ziege«, miaute der Kater daraufhin mürrisch und schritt seines Weges voran.

Es schneite schon seit Stunden und für

Tommy wurde es immer schwieriger sich durch den hohen Schnee zu bewegen.

Schneeflocken fielen dich und gemächlich vom Himmel und landete immer wieder in seinem Gesicht. Eine berührende Stille lag in der Luft, die selbst die Schritte im frisch gefallenen Schnee nicht verlauten ließen.

Ihm wurde allmählich mulmig zumute, dachte daran, wie weit es wohl noch sein wird, bis er die besagte Lichtung erreicht. Seine Kräfte verließen ihn so langsam, denn es war sehr anstrengend für ihn, bergauf durch den hohen Schnee zu gehen.

In der Ferne brach langsam die morgendliche Dämmerung heran. Der nächtliche Osthimmel verfärbte sich am Horizont gemächlich von Indigo über ein Cyan in ein immer heller werdendes Blau bis zu einem leuchtenden Ultramarin.

Kurze Zeit erschien der Himmel in ein rötliches Orange mit violetten Tönen und verfärbte gleichzeitig die angrenzenden Wolken in dieses morgendliche Rot.

Direkt über Tommy, war der Himmel mit Wolken verhangen, aus denen immer noch weiche Flocken leise, sachte, fast schwerelos zur Erde rieselten. Mit fast geschlossenen Augen stampfte er durch das Schneegestöber.

Es war kalt und nass und er spürte seine

Zehen kaum noch. Dann sah er in der Ferne, hinter einer schneebedeckten Kuppel, einen Schornstein heraustreten, aus dem grauer Rauch wie Seifenblasen aufstiegen.

»Der Weihnachtsmann«, maute er zu sich. »Ich habe ihn gefunden, jetzt wird alles wieder gut.«

So was setzt Kraftreserven frei, von denen Tommy gar nicht wusste, dass es sie gibt. Und so kämpfte er sich mit Besessenheit durch den Schnee, der ihn wortwörtlich fast bis zum Hals reichte. Immer wieder versank er so tief darin, dass er sich nur noch durch einen Sprung aus dem nassen Element befreien konnte.

»Hoffentlich ist er noch da«, brummte er miauend vor sich hin. »Er muss noch da sein …, er wird noch da sein …, er hat noch da zu sein.«

Plötzlich wurde er mitten im Sprung von einer Windböe erfasst, weg gepustet und landete in einer Schneewehe. Tommy hatte Glück, der Schnee war weich und flauschig wie das Daunenkissen seines Herrchens, auf dem er des Öfteren am Tage schlief, wenn er alleine war.

Dennoch war er entrüstet über die Art und Weise, wie die Natur mit ihm umging. Er sprang heraus und schüttelte sich, hatte sich nichts getan, kam nur mit einem

Schrecken davon. Schon hüpfte er wieder durch den Schnee und der Kampf in eine neue Runde ging weiter.

Fast schon unter dem Schnee hindurch, trieb es ihn voran und er tauchte nur noch auf, um sich zu orientieren. Dabei zog er eine Scharte hinter sich, die kurz hinter ihm immer wieder zusammenfiel, als wenn sie nie da gewesen wäre, als wenn nie ein Wesen hier gewesen wäre.

Mit äußerster Anstrengung kämpfte er sich durch die Schneemassen, stieg immer weiter den Berg hinauf, was äußerst kräfteraubend war und erreichte mit letzter Energie den Gipfel dieser Anhöhe.

Er hatte es geschafft. Vor ihm lag die besagte Lichtung mit der Hütte, von der Günter der Hirsch sprach und auch von dem kostümierten Hund erwähnt wurde. Eine Hütte mit einem Schornstein, aus dem ein leichter Rauch ringelte.

Im gleichen Moment ging im Haus die Beleuchtung an und ein sanftes Licht schien nach draußen.

Freude erfüllte ihn, denn ihm wurde bewusst, dass er den Weihnachtsmann nun endlich gefunden hatte. Er blickte zur Hütte hinunter, die zu gepudert war von dem aus Eiskristallen bestehenden Niederschlag.

Die Außenwände des Hauses sind sehr

robust. Hierfür wurden Bäume gefällt und die einzelnen Stämme aufeinandergestapelt. Die beim Fällen der Bäume verbleibenden Stumpen blieben in der Erde, und dienten sogleich als Stützen für die Grundfläche dieses Baus.

An der Seite eine Holzmiete mit gehacktem Holz, auf der anderen Seite ein offenstehender Schuppen. Darin zu sehen, ein rotes Fahrwerk.

Am Fenster sah er eine Gestalt hin und her huschen, rot gekleidet.

Das wird bestimmt die rote lange Kutte sein, seine Dienstkleidung.

Tommy schien zufrieden zu sein, denn er wusste, dass es nicht mehr lange dauern wird, bis Herrchen und er wieder zusammen sind.

Wie eine schützende Decke glitzerte der Schnee um das Holzhaus herum, auf das er zuging. Unter dem lautlosen Geräusch der Bäume hörte er das Knirschen seiner Schritte und fühlte, wie der Schnee sanft und weich nachgab, wie er jeden Pfotenabdruck einfing und behielt.

Neugierig ging Tommy zuerst zum Schuppen, um sich das rote Gefährt näher anzusehen, der vollgepackt von den acht Rentieren gezogen wird, von Dancer, Dasher, Vixen, Prancer, Cupid, Comet,

Blitzen und Donner und manchmal auch von Rudolph und von Robbie, Rudolphs Sohn.

Doch Tommy erschrak, als er sich in der Scheune umschaute.

8. Jeden Tag da zu sein und was Gutes zu tun, der Rest ergibt sich dann von ganz alleine

Er sah keinen Schlitten, der als Fortbewegungsmittel für Lasten gedacht war und fliegen kann; auch keine Rentiere die in der Weihnachtsnacht schuften, und die restliche Zeit Urlaub machen.

Er sah einen knallroten 55er Chevrolet Bel Air Cabriolet mit Klimaanlage, Servolenkung, Bremskraftverstärker und Automatikgetriebe, mit 4,9 Liter Hubraum, V8-Motor, Weißwandreifen, Hinterradantrieb, Einzelradaufhängung mit Schraubenfedern vorne und Starrachse mit Blattfedern hinten, in der Scheune stehen.

Mit seinen 220 Rentierstärken hat wohl dieses moderne Dienstfahrzeug den in die Jahre gekommen Schlitten abgelöst. Tommy schaute sich das Gefährt genauestens an, das als Inbegriff eines sportlichen Fortbewegungsmittels galt, zwar über eine simple Technik aber über einen enormen Show-Faktor verfügt.

Zur Untermalung der weihnachtlichen Stimmung wurde am Kühlergrill eine rote plüschige Knollennase befestigt, sowie zwei Geweihe auf den Seitenscheiben festgeklemmt.

»Was für eine grandiose Erfindung, was

für ein technischer Fortschritt, was für eine Aufwärtsbewegung«, maute Tommy besonnen. »Der moderne Weihnachtsmann fährt heutzutage Auto, braucht also mehr Rentierstärken, um all seine Arbeit zu vollrichten.«

Ein entscheidender Wendepunkt, seit Entdeckung des Feuers, welches dem Menschen durch Zufall in die Hand gegeben wurde, sowie der Lautsprache, die bis dato nur aus Grunzen bestand.

Trotz der innovativen Weiterentwicklung ist das Fahrzeug nur auf seine Grundstruktur begrenzt. Es fehlen wichtige Dinge wie: ein Navigationsgerät für die erfolgreiche Wegbeschreibung zu den zu Bescherenden.

Dann ein Allradantrieb für den Fall, dass das Fahrzeug mal auf Eis und Schnee stecken bleibt, eine Sitzheizung für die kalten Tage, eine Einparkhilfe mit sechsfachem Lichtsignal und Ultraschallwarnhupe, sowie einen Kufenantrieb und eine Glockenhupe.

Auch eine Kugelkopfkupplung für den Anhänger, der einem das Leben erleichtert und Lasten schleppen könnte, sollte nicht fehlen.

Dennoch war Tommy beeindruckt von diesen hoch kompliziertem Gefährt, welches als ein Meisterstück der grandiosen

Ingenieurkunst herausragt. Ein Gefährt, das sich von Kraftstoff und fressenden Kilometern ernährt und für viele Männer ein Ideal der Schönheit verkörpert. Tommy verließ die Garage und ging auf das Haus zu.

Schnee rieselte in sein Gesicht und wurde langsam zu Wasser. Vor eines der beleuchteten Fenster blieb er stehen, setzte zum Sprung an und landete auf der Sohlbank, auf das von außen angebrachte Fensterbrett. Das Fenster verfügte noch über Einfachverglasung und es hatten sich Eisblumen gebildet.

Schön sahen sie aus mit ihren vielen Eissternchen. Wie Diamanten funkelten und glitzerten sie, wenn man ganz nah herantrat oder sie das Sonnenlicht traf. Tommy stand so dicht vor der Scheibe, dass sein relativ warmer Atem ein kleines Loch in die künstlerischen Elaborate bildete.

Durch dieses Loch sah er, wie der Mann drinnen hin und her lief. Er trug, statt der angenommenen langen roten Kutte, einen Roten long John, eine einteilige Cowboy-Unterwäschekombination mit aufknöpfbarem Hinterteil.

Seine Haare waren weiß, dicht, wild und lang und er trug einen Vollbart, einen leicht gelblich gelockten Vollbart, der sein Gesicht, die Wangen und den Hals bedeckten.

»Du kannst den Weihnachtsmann erkennen an seinen Bart, der ist nicht richtig weiß. Er ist …, naja … so gelblich«, erinnerte sich Tommy an die Worte des kleinen Jungen.

»Er ist es«, encouragierte Tommy sich miauend.

Der Mann verschwand aus dem Zimmer und Tommy fing an, an der Scheibe zu kratzen. Es entstand ein Geräusch, als wenn jemand mit dem Fingernagel über die grüne stahl emaillierte Oberfläche einer Schultafel fährt.

Plötzlich ging die Tür auf. Der Mann kam heraus. Er hatte sich warm angezogen, trug eine grüne Fellmütze, dessen Rand einen weißen Saum zierte, eine rotkarierte Holzfällerjacke mit Plüschfutter am Kragen, eine olivfarbene Hose, dunkle Springerstiefel und schwarze Handschuhe.

Er ging in entgegengesetzter Richtung zur Holzmiete und griff nach einer Axt. Vor seinem Hauklotz blieb er stehen. Er hatte einen Autoreifen wie einen dicken Gummikragen an den Klotz genagelt, der verhindern soll, dass das Holz beim Spalten herunter fällt und ständig wieder aufgestellt werden muss.

Anstrengung war in seinem Gesicht zu sehen, als er die Axt jedes Mal auf das Holz niederfallen ließ und es in einzelne Scheite auseinander spaltete. Eine schweißtreibende Tätigkeit. Vor allem, wenn man körperliche Arbeit nicht gewohnt ist, kommt man schnell an seine Grenzen.

Als er fertig war, ließ er die Axt einfach fallen, schichtete die Holzscheite auf seinen rechten Arm und ging zum Hauseingang zurück.

Das war für Kater Tommy die Gelegenheit, sich dem Weihnachtsmann zu nähern, um seinen Wunsch zu äußern.

So sprang er von der Sohlbank und verschwand restlos im Schnee, nur der Kopf schaute noch heraus. Dann fing er an zu hüpfen, über den hohen Schnee zu hüpfen, um zu dem Mann zu kommen, den er sich in den Weg stellen will.

Vollgepackt mit Holzscheitel bis zu Nase ging der Mann über seinen frei getrampelten schmalen Weg Richtung Haustür, sah im Augenwickel einen Schatten von links nach rechts huschen und bremste dabei seinen Schritt ruckartig ab.

Dabei verlor der das Gleichgewicht, ließ die Holzscheitel hoch katapultieren, die daraufhin eine aerodynamisch günstige Flugphase einnahmen und gegen die Haustür schlugen.

Er selber fiel mit ausgebreiteten Armen ungebremst rückwärts in den Schnee, lies seine Beine kurz hochschnellen und gespreizt wieder zu Boden abfallen. Da lag er nun und würde er jetzt seine Arme hin und her bewegen, würde ein Engel mit Flügeln entstehen.

»Na toll«, sprach der Mann zu sich. »Das kann ja heiter werden.« Da lag er nun, erschöpft vom Holzhacken und konnte sich nicht mal den Schweiß von der Stirn wischen.

Tommy stand zwischenzeitlich zwischen den Oberschenkel des Mannes und versuchte über den Bauch hinweg ihn anzusehen.

Unbewusst schaute auch der Mann zu dem Hügel hin, der ihm das Sichtfeld zu seinen Füßen versperrte.

»Mann was für ein Bauch«, erstaunte es ihm. »Bin ich etwa zu dick? Nein ich bin nicht zu dick, das ist nur eine große allergische Schwellung. Manche meinen sogar, das wäre eine erotische Nutzfläche. Naja.«

Plötzlich sah er hinter seinem Bauch zwei Ohrspitzen, die sich hin und her bewegten. Mühsam richtete er seinen Oberkörper etwas auf und sah in das Gesicht von Tommy.

Es erstaunte ihn ein wenig, da er mit tierischen Besuch nicht gerechnet hatte.

»Hallo Katze«, sprach er mit warmer weicher Stimme, »wo kommst du denn her?« Mit nach hinten abgestützten Armen richtete er sich noch weiter auf, bis er aufrecht saß. Langsam streckte er seine Hand aus und fing an den, Kater zu streicheln.

Tommy fing sofort an, zu erzählen.

»Ich muss mit dir reden«, maute er. »Mir ist was ganz Schlimmes passiert.«

»Dir ist bestimmt kalt und Hunger hast du sicher auch«, äußerte der Mann sich, stand auf und klopfte sich den Schnee von den Klamotten. Dann sammelte er das Holz wieder ein und öffnete die Haustür.

»Ich brauch deine Hilfe. Ich hab mein Herrchen verloren«, jammerte Tommy.

»Komm doch rein. In der Wohnstube ist es mollig warm, da kannst du erstmal dein Fell vor dem Kamin trocknen lassen.«

Und so ging Tommy hinterher und landete im Wohnzimmer. Dort legte der Mann die Holzscheite in den neben dem Kamin stehenden Weidenkorb, warf zwei Kloben in das bereits entfachte Feuer und meinte:

»Wärme dich hier auf. Ich werde mal nachsehen, ob in der Küche noch ein paar Reste vom gestrigen Braten zu finden sind.«

Kurze Zeit später kam er zurück mit Milch und kleingeschnittenem Fleisch. Gierig schlang Tommy es in sich hinein.

Als Tommy jeden Krümel des Bratens und jeden Tropfen der Milch verputzt hatte, sprang er dem Mann auf den Schoss und fing wieder an zu mauen:

»Ich hab mein Herrchen verloren, weil ich in ein Auto gesprungen bin, das dann einfach wegfuhr. Du musst mir seine Adresse geben, damit ich zu ihm zurück kann, denn ohne mich ist er aufgeschmissen.«

»Ist gut meine Kleiner, nur mal ganz langsam«, beruhigte der Mann den Kater und streichelte ihn dabei herzhaft über den Rücken.

»Weißt du«, fuhr Tommy weiter fort, »ich muss dringend nach Hause. Ohne mich ist mein Herrchen aufgeschmissen. Der kann sich nicht mal entscheiden, was er anziehen soll, steht jedes Mal nur gedankenversunken so vor dem Kleiderschrank herum. Erst wenn ich mich auf seinen schwarzen Lieblingspullover lege, mich darauf wälze, bis er übersät ist mit meinen Haaren, dann entscheidet er sich für einen anderen.

Auch wenn ich mich in die saubere Wäsche lege, die gerade aus dem Trockner kommt, so will ich nur damit andeuten, dass die Wäsche noch nicht genügend ausgekühlt ist, um im Wäscheschrank zu verschwinden.

Meistens muss ich ihm auch noch zeigen, wie Wäschestücke richtig zusammengelegt werden und auch beim Bettenmachen muss ich ihn regelmäßig helfen.«

Tommy fing an zu schnurren, versuchte sich mit wohlfühlenden Geräuschen und einer übertriebenen, freundlichen Art und Weise einzuschmeicheln.

»Gib sie mir bitte, du hast sie doch«, miaute Tommy noch hinterher. »Du hast sie alle, das weiß ich.«

Tommy meinte die Adressen, denn nur der Weihnachtsmann muss ein Verzeichnis aller Haushalte haben, wie soll er sonst die Geschenke verteilen können.

Der Mann streichelte ihn weiter und Tommy legte sich in die Kuhle zwischen den Beinen. Mit zusammengedrückten Knien und weit auseinander stehenden Füßen nahm der Mann eine unbequeme Sitzhaltung ein. Er fing an den Kater mit langsamer ruhiger Stimme zu beruhigen und erzählte ihm was aus seiner Vergangenheit.

»Weißt du Katze, als ich noch in der Großstadt lebte, da gab es ein kleines

Mädchen in unserem Haus, die hatte eine Lieblingspuppe. Lucy hieß die Puppe. Überall nahm sie die Puppe mit, ließ sie nie allein. Lucy war bereits an vielen Stellen abgewetzt, die Kleidung kaputt, die Haare zum Teil ausgefallen.

An einem Weihnachtstag bekam sie eine neue Puppe, eine hübsche mit langen blonden Haaren, die zu einem Zopf zusammengebunden waren und mit einem wunderschönen Kleid. Sie liebte daraufhin nur noch diese Puppe.

Eines Tages musste sie ins Krankenhaus, eine kleinere Operation stand bevor. Plötzlich fragte sie nach Lucy und ohne Lucy wollte sie nicht ins Krankenhaus. Es wurde nach Lucy gesucht und nach Langem hin und her fand man sie total dreckig und eingestaubt auf dem Dachboden. Die Puppe wurde gebadet, die Kleidung gewaschen, die Haare gebürstet. Sie wurde wieder richtig hübsch hergerichtet und mit Lucy im Arm, durfte dann die Operation durchgeführt.«

Tommy hörte genauestens zu, als wenn er jedes Wort verstehen würde. Herrchen hatte ihm auch immer viel erzählt, was in der Zeitung stand, was die Leute erzählten und was für ein Blödsinn im Fernsehen zu sehen war.

Der Mann strich weiter zwischen Tommys Ohren am Kopf entlang, über den Hals, den

Rücken bis hin zum Schwanz. Dabei leuchtete das Feuer des Kamins so von hinten auf Tommys Ohr, dass eine Tätowierung ersichtlich wurde.

»Du hast ja eine Tätowierung im Ohr«, sprach der Mann. »Womöglich sind die Daten deines Zuhauses in einer zentralen Datenbank eines Tierfundbüros gespeichert. Ich werde das Mal überprüfen. Dein Frauchen und Herrchen werden sich sicherlich schon Sorgen um dich machen.«

Er schrieb sich die Nummer auf, legte Tommy sanft auf ein Kissen vor dem Kamin und ging in den Flur. Zurück kam er mit einem dicken Buch.

»Das ist das Buch«, maute Tommy erfreut. »Doch eigentlich sollte es ja ein altes, verstaubtes, lederbezogenes Buch sein und nicht so eins wie das hier, das eher Zitronen- oder Bananengeld ist. Vielleicht ist es auch nur ausgeblichen, die Farbe von der Sonne, dem Licht und der Wärme geschwächt«, schnurrte Tommy daraufhin zu sich.

Nein, es war nur ein Buch mit gelben Seiten, ein nach Branchen sortiertes Telefon- und Adressverzeichnis, indem der Mann nach der Telefonnummer des Haustierzentralregisters suchte und auch fand. Anschließend holte er ein schnurloses

Telefon, wählte die Nummer, drückte die Ruftaste und wartete.

Tommy lag währendes behutsam vor dem Kamin und schaute ins Feuer, wie die Glut feurig den Kloben umschloss, ihn in ihrer Mitte aufnahm und Flammensäulen emporragen ließ.

Eine tiefe und faszinierende Magie zog ihn in den Bann und das subtile und wohlige Gefühl von Geborgenheit und Wärme intensivierte sich. Glutrote Feuerzungen quollen aus dem hölzernen Gewebe, aus der Borke, aus dem Splintholz und dann aus dem Kernholz.

Welt vergessend starrte er sie an, wie sie sich flackernd in die leere Luft erhoben und beschwörend vor seinen Augen tänzelten, wie sie fantastisch hin und her zuckten.

Der Mann telefonierte immer noch, sprach von Registrierung, von Katze entlaufen, von Tätowierung im Ohr, von Halter suchen und ließ zum Schluss noch seine Telefonnummer verlauten.

»In ein paar Minuten werden wir wissen, wo dein Zuhause ist«, sprach der Mann zu Tommy. Er nahm sich eine Zeitung und fing an zu lesen, während Tommy durch die warme Ausstrahlung des Kaminfeuers entspannt einschlief.

Doch der Schlaf war nicht von langer Dauer, denn das Telefon klingelte. Der Mann nahm das Gespräch an, meldete sich mit seinem Namen und sprach mit abgehackten Worten:

»Ja …, ja …, so Zimt farbig mit weißem Bauch und weißen Füßen. Mhm …, mhm …, Tommy heißt er, aha …«

Tommy spitze seine Ohren. Hatte er richtig verstanden? Wurde da nicht gerade sein Name ausgesprochen? Er hört sehr gut auf seinen Namen, weil er ein kluger Kater ist und nur Positives damit assoziiert.

»Moment mal eben«, sprach der Mann, kniete sich zu Tommy herunter und hielt ihm den Telefonhörer hin.

Tommy schnupperte daran, wusste nicht, was es damit auf sich haben sollte. Doch dann hörte er eine Stimme, eine vertraute Stimme, eine Stimme, die er kannte, die er liebte, um die er sich sorgte. Es war eine Stimme die Heimat gab, die sein Herz ansprach, die tiefe und rührende Emotionen erweckte, die sich einfach von allen anderen unterschied.

Hektisch lief Tommy um den Hörer herum, suchte nach seinem Herrchen. Er muss doch hier irgendwo sein, er hört doch seine Stimme.

»Tommy«, rief sie, »hier ist Papa.«

Tommy und sein Herrchen haben sich in den letzten Jahren zu sehr aneinander gewöhnt, sich quasi domestiziert. So ist es auch nicht verwunderlich, dass sein Herrchen sich als sein Papa bezeichnet.

Regelmäßig hatten sie immer Fingerfußball oder auch Katzenelfmeter gespielt. Eine blödsinnige Bemühung, wenn man bedenkt, dass man die paar Leckerlis auch direkt vor die Nase des Katers legen könnte.

Nie wurde es bemerkt, dass es Tommy doch eigentlich nervte, immer hinter den Leckerlis hinterher zu rennen, die sein Herrchen gerade ohne Sinn und Verstand durch das Wohnzimmer schnipste.

Manchmal ist er aber auch in seiner Verhaltensweise kaum von Tommy zu unterscheiden. Er kratzt sich ständig hinterm Ohr, reist den Mund beim Gähnen genauso weit auf wie Tommy, hat eine Abneigung gegen Fliegen und Mücken und schläft des Öfteren auf dem Sofa ein.

Seine Aussprache hat sich zwar stark zurückentwickelt, dennoch redet er oft mit Tommy, auch wenn dieser für gewöhnlich nicht antwortet.

Tommy blieb stehen, verharrte unbeweglich und stellte seine Ohren in Richtung der Stimme auf. Dabei schaute er auf den oberen Teil des Telefonhörers, als wenn er durch die kleinen Löcher sein Herrchen erblicken konnte.

Der Mann nahm den Hörer wieder zu sich, doch blitzschnell griff Tommy wieder danach und hätte sich dabei fast mit seinen ausgefahrenen rasiermesserscharfen gebogenen Krallen in das Fleisch der Männerhand verewigt.

»Ist ja gut, hier hör noch mal rein. Es ist dein Herrchen.«

Wieder lauschte Tommy der Stimme, die zu ihm sprach:

»Tommy, Papa macht sich gleich auf den Weg um dich zu holen.«

Diese Worte hatte Tommy verstanden und ließ von dem Hörer ab. Er wusste jetzt, dass er hier richtig sei, dass es den Weihnachtsmann doch tatsächlich gibt und dass er ihm sein Herrchen zurückbringt.

Weihnachten geht es nicht nur um ein paar Geschenke, die viel kosten. Vielmehr geht es um die Familie und um das Miteinander.

Die Mitglieder der Familie bis ins Innerste zu kennen, sie zu respektieren, ehren und zu lieben, das ist das wichtigste, was es gibt.

Weihnacht bedeutet auch die Mitmenschen so zu behandeln, als wären sie Familienmitglieder; für andere da zu sein, zu helfen, soweit man kann; jeden Tag da zu sein, etwas Gutes zu tun, der Rest ergibt sich dann von ganz alleine.

9. Und es gab ihn tatsächlich ..., den Weihnachtsmann

Es wird eine Zeit lang noch dauern, bis sein Herrchen hier sein wird, bis sie wieder vereint sind und so legte er sich wieder vor dem Kamin, um ein kleines Nickerchen zu machen. Schließlich muss er ja fit sein, wenn er Zuhause weiterhin nachts um drei Uhr auf dem Bett von Herrchen Bergsteigen oder Mäusefangen spielen will.

Im Kamin knackt und knistert es und sofort spürt man, wie die Wärme und die Ruhe durch den Körper fließen. So ein Kaminfeuer ist die ideale Entspannung für einen Abend ohne Arbeit und Stress. Man macht es sich bequem und lässt die Gedanken beim Blick in die züngelnden Flammen einfach schweifen. Das Knacken, Prasseln und Knistern tauchte den ganzen Raum in eine entspannte und losgelöste Atmosphäre.

Die Zeit vergeht in solchen Situationen wie eine wandelnde Schlaftablette. Niemand wartet gern, selbst Leute nicht die viel Zeit haben. Ungeduldig lag Tommy da und wartete. Doch die Ungeduld kann die Zeit nicht beschleunigen. Sie ist zwar langsam, aber stetig. Wie eine Schildkröte.

Tommy versuchte die Zeit mit einem Nickerchen zu überbrücken, doch so ganz, konnte er seine Augen nicht schließen. Er dachte an all die Menschen, die er in der letzten Zeit traf, an die unterschiedlichen Meinungen, ob es den Weihnachtsmann nun gibt oder nicht, an den Glauben und an der Anzweifelung.

Dabei betrachtete er den Mann, der auf dem Sofa saß und sein Gesicht in eine Zeitung vergraben hatte.

Er ist der Weihnachtsmann, dachte sich Tommy und er hat ihn gefunden.

Und dann war es soweit. Ohne sich zu bewegen, blickte er starr nach vorne und spitze seine Ohren dabei. Er hörte, wie sich ein Fahrzeug durch den Schnee kämpfte und sich dem Haus näherte. Ein Geräusch, das ihm geläufig war. Er stand auf, reckte sich nach allen Seiten und machte dabei einen Buckel, als wenn er sich mit dieser gigantischen Dehnübung auf ein sportliches Ereignis vorbereiten würde.

Es klingelte an der Tür, und noch bevor der Nachhall der Glocke verstummt war, stand Tommy an der Tür, streckte sich und versuchte mit einer Pfote an die Türklinke zu gelangen, um sie zu öffnen.

»Ja Tommy, das wird dein Herrchen sein«, sprach der Mann, als er dann auch endlich die Tür erreichte.

Er öffnete sie und tatsächlich, da stand er. Tommy war ganz außer sich, lief erst mal einige Runde schleifenförmig um die Beine seines Herrchens, umschmeichelte sie wie eine symbolisierte Linie der Unendlichkeit, ähnlich einer Pylonengasse für den Autoslalom.

»Ja ich hab dich auch vermisst«, sprach sein Herrchen, nahm ihn auf dem Arm und das Schnurrgeräusch des Katers wurde immer lauter, immer intensiver, immer deutlicher.

Dabei rieb Tommy mehrmals mit seiner Wange am Kinn seines Herrchens entlang. Ein Zeichen von Vertrautheit, wo Katzen den Geruch des ihr vertrauten Menschen aufnehmen und ihn mit den eigenen vermischen.

Tommy hatte einen äußerst verklärten Blick und fing an zu sabbern. Dabei bildeten sich kleine Speichelperlen am Mundwinkel und sammelten sich zu einem Tropfen, der sich dann schwerfällig von der Lippe löste.

Er war einfach nur glücklich wieder bei den Menschen zu sein, wo er die erste Geige spielen darf, wo er der Chef ist, der jedes Tun und Handel bestimmt, der disziplinarisch darauf achtet, dass seine Fressnäpfe ständig gefüllt werden.

»Kommen sie doch rein, ich hab gerade heiß Wasser auf dem Ofen. Wie wäre es mit einem Becher Kaffee?«, fragte der Mann.

»Kaffee klingt gut, danke«, antwortete das Herrchen und ließ sich ins Wohnzimmer bringen. Auf dem Sofa nahm er Platz, und während Tommy immer noch auf dem Arm lag, zwängte er sein Gesicht in die Armbeuge seines Herrchens, so als wenn er sich schämen würde, für das, was er getan hatte.

»Ist gut Tommy, Papa ist dir nicht böse. Aber du musst mir versprechen, so was nie wieder zu tun. Papa hat sich große Sorgen gemacht. Das ganze Haus hat geholfen, dich zu suchen, nirgends warst du.«

Tommy zog seinen Kopf aus der Armbeuge und maute intensiv sein Herrchen an:

»Versprochen!«

Der Mann kam mit den Kaffeebechern rein und gab dem Herrchen eins.

»Natürlich dürfen an einem besinnlichen Weihnachtstag wie heute keine Plätzchen fehlen«, sprach der Mann. »Ich bin zwar kein guter Bäcker, aber ich glaub, man kann sie trotzdem essen.«

»Ob sie nun braun oder eher schwarz sind, spielt keine Rolle. Die Geste ist wichtig«, sprach Tommys Herrchen, biss ein Stückchen von einem Keks ab und bemerkte dabei, dass es doch besser wäre, sie zuerst in den Kaffee einzutippen.

»Sie wohnen hier sehr idyllisch«, lenkte das Herrchen von den Keksen ab.

»Manche meinen ich wohne wie ein Einsiedler. Als meine Frau mich vor zwanzig Jahren verlassen hatte und zu einem anderen Typ zog, war ich plötzlich allein. War eigentlich nicht geplant. Aber ich lernte schnell, nur mit mir selbst zu rechnen, nur das Angebrachteste an Geschirr zu benutzen und das Nötigste im Haushalt zu tun.

Im Kino war ich das letzte Mal …, ach da kann ich mich gar nicht mehr daran erinnern. Hier hab ich meinen Fernseher, meinen DVD-Spieler und kein Knistern von Bonbonpapier oder Popcorngeruch stört mich bei meiner Ruhe. Hier kann ich schniefen und schnäuzen ohne Peinlichkeit. Heute teile ich nicht mehr so gern, weder Zeit noch Raum.«

»Mir geht es ähnlich. Meine Frau ist verstorben und seitdem bin ich allein. Ich hab aber meinen Kater, der mir zuhört und der mich versteht; der mich tröstet, wenn ich traurig bin und mich willkommen heißt, wenn ich morgens wach werde.«

»Jedem Recht getan, ist eine Kunst, die niemand kann.«

»Ich sehe, sie haben keinen Weihnachtsschmuck.«

»Ach wissen sie, ich hab eine Zeit lang den Nikolaus für das Einkaufzentrum gespielt und es klingt vielleicht albern, aber der Glaube an den Weihnachtsmann verkümmert immer mehr. Den Kindern kann man heute nichts mehr vormachen.«

»Und wer bringt dann den Kindern nach all die Geschenke?«

»Kinder vermuten, dass die Eltern was damit zu tun haben.«

»Aber das ist doch lächerlich, so was schaffen die Eltern doch unmöglich in einer Nacht, oder?«

»Ich weiß, es ist traurig und von Jahr zu Jahr glauben immer weniger an den Weihnachtsmann.«

»Was halten sie davon, wenn sie uns morgen oder übermorgen besuchen. Ich habe Ente mit Rotkohl und Kartoffelklöße und dazu einen roten Spätburgunder.«

Tommy riss die Augen auf, lag starr da und glaubte seinen Ohren nicht trauen zu können. Hatte Herrchen tatsächlich den Weihnachtsmann zum Essen eingeladen? Zu uns nach Hause? In die Wohnung? Den

Weihnachtsmann? Boah, was für eine Illusion.

Der Mann brauchte einen Augenblick, bis er die Botschaft realisiert hatte. Dann sprach er:

»Vielen Dank für die Einladung, aber seien sie mir nicht Böse, ich bleib lieber allein. Gerade wenn man nichts erwartet, bekommt man viel und dabei geht es mir gut.«

»Okay! Aber wenn ihnen doch die Decke auf den Kopf fällt, rufen sie mich an. Tommy und ich würden uns über ihren Besuch freuen.«

»Ja«, maute Tommy. »Ja.«

»Ich werde darüber nachdenken«, sprach der Mann.

Der Nachmittag hatte sich hingezogen. Das Schwatzen ließ die Zeit deutlich unbedacht verfliegen. Mittlerweile ist es draußen dunkel geworden und es wurde Zeit den Heimweg anzutreten.

»Frohe Weihnachten«, verabschiedeten sich die Männer.

»Frohe Weihnachten!«

Herrchen nahm Tommy auf dem Arm, packte ihn unter seine Jacke und ging zum Auto. Dort ließ er ihn auf die Rückbank springen, stieg selber ein und fuhr los. Durch die Heckscheibe sah Tommy noch den Mann, seinen Mann, seinen Weihnachtsmann stehen, wie er hinter dem Auto herwinkte. Es gibt ihn wirklich, dachte Tommy sich. Es gibt ihn tatsächlich und ich habe ihn gefunden.

Während der Fahrt schaute Tommy aus dem Fenster und sah, wie sich die Welt verändert hatte, als wenn alles frisch gewaschen wurde, alles verschneit, alles weiß. Noch heute Vormittag stand er so tief in dieser kalten Schneelandschaft, dass er kaum herausgucken konnte. Jetzt schaut er vom Auto aus auf die malerische weiße Pracht und genießt die Ruhe, die nur durch das sanfte Geräusch des Motors unterbrochen wird.

Es waren kaum Fahrzeuge unterwegs. Nur der Schnee störte. Er flog hypnotisierend gegen die Frontscheibe, wo er gleich zu Wasser schmolz und von den Scheibenwischern in kämpferischer Weise entfernt wurde.

Am Himmel ein kleiner Stern. Er ist hinter den Wolken hervorgekommen. All die Dunkelheit konnte es nicht verhindern, dass dieser kleine Stern ein kleines Lichtlein schenkt.

»Was möchtest du denn heute Essen«, fragte das Herrchen. »Filet Mignon,

Hummerschwänze, Lammkoteletts oder lieber Katzenfutter.«

»Maaaau«, sagte Tommy, was so viel hieß wie: egal, Hauptsache schnell und reichlich.

Kurze Zeit später kamen sie Zuhause an. Im Hausflur ließ Herrchen den Kater auf der Treppe nieder und in einer affenartigen Geschwindigkeit rannte dieser die Treppe hinauf bis in den zweiten Stock, wo er auf sein Herrchen wartete.

Geraume Zeit später kam der aktive Passivsportler fast atemlos oben an und sah, wie Tommy sich bereits an Nachbars Fußmatte, eine langfaserige naturfarbene Kokosmatte, schubberte.

»Na, du fühlst dich wieder wie Zuhause, was?«

Kommentarlos ging der Kater in die Wohnung, als Herrchen diese aufschloss. Er marschierte direkt in die Küche, wo seine Fressnäpfe standen und bemerkte, dass diese leer waren. Dicke fette latente Fragezeichen schwebten plötzlich über seinen Kopf. So was gab es doch noch nie! Leere Fressnäpfe?

Enttäuschend über diese Maßnahme, ging er ins Wohnzimmer, wollte sich in sein Bettchen legen, um sich von den Strapazen der letzten Tage erstmal richtig zu erholen. Doch da erstaunte es ihm.

Neben seinem Bettchen stand auf einer weihnachtlichen Serviette ein kleines Bäumchen, bunt geschmückt mit kleinen leuchtenden LED-Lämpchen. Um den Baum herum lagen Geschenke, eine Fellmaus, ein Ball mit innen liegendem Leckerli, für den Sessel ein mit Schaumstoff gefülltes Schlafkissen, einen Spieltunnel als Abenteuerspielplatz und eine Schale Kratzengras, als Liegewiese.

»Das alles für mich«, maute Tommy erstaunt. »Vielleicht sollte ich öfters mal Weihnachten einen Ausflug machen.«

Sofort fing Tommy an, sich über das Katzengras herzumachen, biss die zarten weichen Halmspitzen ab und genoss dieses Ergänzungsfutter.

Unterdessen bereitete Tommys Herrchen sein Essen in der Küche vor. Etwas Besonderes sollte es heute geben und so stieg auf einmal der Geruch von Rehrücken in Tommys Nase, der daraufhin wie ein geölter Blitz in die Küche rannte.

Als er anschließend zurückkam, setzte er sich vor sein Bäumchen, bestaunte seine Geschenke und legte sich auf das noch in Folie verpackte Schlafkissen. Dabei schlief er ein und man merkte am Zucken seiner

Pfötchen, dass er im Traum wieder in seinem Katzenhimmel umherreiste.

Möglicherweise träumt er von seinem Weihnachtsmann, wie er ihm hilft den 55er Chevrolet Bel Air zu beladen, wie sie auf der vorderen durchgehenden Sitzbank Platz nahmen, getrennt von diversen Paketen, die auf der Rückbank keinen Platz mehr fanden.

Er träumt möglich davon, wie die Drehzahl des Nikolausimeter beim Starten in den rot-grün-weißen Bereich schlug und wie 220 Rentiere wach wurden, als der Weihnachtsmann das Santa-Claus-Beschleunigungspedal durchdrückte und wie sie durch die klirrende Winterluft flogen. Wie sie von einer Böe erfasst wurden, ins Trudeln kamen, schlagartig außerplanmäßig an Höhe verloren und unter schrecklichen Bedingungen abzustürzen drohten. Doch der Weihnachtsmann ist ein erfahrener Chauffeur und konnte ohne große Anstrengungen dieses Fluggefährt sicher auf dem Dach eines Hauses landen.

Tommy wurde wach, reckte sich nach allen Seiten, ging zur Balkontür und schaute Richtung Himmel. Der Mond war zu sehen. Er war voll und …

Mitten durch den Mond zog sich ein schwarzer Streifen und es kam Tommy vor wie die Silhouette eines von Rentieren gezogenen Schlittens. Jetzt wusste er, dass sein Weihnachtsmann auf Arbeit war, dass er jetzt keine Zeit mehr hatte, sich um abhandengekommene Tiere zu kümmern. Es gibt viele Dinge, die selbst ein Weihnachtsmann nicht schaffen kann, aber Tommy hatte voll auf ihn gebaut.

Frohe Weihnachten.

Weitere Bücher des Autors, zu beziehen über www.bod.de oder über Buchhandel mit ISBN: 978-3-7322-8222-7

In Einsamkeit gehüllt, geschützt von Fragen, vor Mitleid und schrecklichen Gefühlen, wiegte er sich in Erinnerungen an schöne Zeiten, an Zeiten, die so lebendig wurden, als wären sie gegenwärtig, als würde er sie ein zweites Mal erleben.

Zu beziehen über www.bod.de oder über Buchandel mit ISBN: 978-3-7357-1887-7

Es waren die Jahre, wo Straßenbahnen noch zu den innerstädtischen Verkehrsmitteln zählten, wo elf Zigaretten noch eine Mark kosteten, wo mit der Kugelkopf-Schreibmaschine ein Sekretärinnen-Traum in Erfüllung ging und wo man als neunzehnjähriger Sprössling noch unter der Obhut der Eltern stand.

Zu beziehen über www.bod.de oder über
Buchandel mit ISBN: 978-3-7357-3682-6

Schreib mir doch mal einen Brief, sagte
sie und er ignorierte es. Erst mit ihrem
Ableben wurde ihm bewusst, was er immer
wieder verdrängt hatte. Verbittert darüber,
den Wunsch seiner Frau nicht
nachgekommen zu sein, ließ er sich immer
wieder in Gedanken an diesen Brief
erinnern.